Luciano De Crescenzo
Zio Cardellino
*Der Onkel
mit dem Vogel*

*Roman
Aus dem Italienischen
von Ina von Puttkamer
Mit einem Vorwort
des Autors*

Diogenes

Titel der Originalausgabe:
›Zio Cardellino‹
Copyright © 1981 by
Arnoldo Mondadori Editore S.p.A., Milano
Die Übersetzerin dankt Elisabeth Dreyssig
für ihre wertvolle Hilfe
Umschlagillustration:
Tomi Ungerer

Alle deutschen Rechte vorbehalten
Copyright © 1988 by
Diogenes Verlag AG Zürich
100/88/42/2
ISBN 3 257 01784 7

Vorwort

Die Anregung zum *Zio Cardellino* verdanke ich Nino Manfredi: Es war im Sommer 1977; er, ich und Elvio Porta arbeiteten gemeinsam am Drehbuch zum Film ›La Mazzetta‹ nach dem Buch von Attilio Veraldi. An einem Augustnachmittag in Scauri stand Nino während einer Arbeitspause auf. »Wie gerne würde ich mal einen Film drehen, in dem der Protagonist sich nach und nach in einen Vogel verwandelt und schließlich ganz die Fähigkeit zu sprechen verliert«, erklärte er und gab zum ausschließlichen Vergnügen von Elvio Porta und mir eine herrliche Darstellung des Vogelmenschen, der sich anschickt davonzufliegen.

Die Idee begeisterte mich sofort: Wir besprachen die Sache ausführlich, und wie es halt so in der Welt des Films geht, wurde noch am gleichen Abend beschlossen, daß der nächste Film Nino Manfredis ›L'Uccello‹ (Der Vogel) heißen würde. Doch in dieser seltsamen Welt der schnellen Begeisterung passiert es dann ebensooft, daß aus solchen Ideen nichts wird: Nino folgte anderen Verpflichtungen, und ich kehrte eifrig zu meiner Büroarbeit zurück. In jener Zeit war ich noch bei der IBM beschäftigt, und nur indem ich eine längere Periode mir noch zustehenden Urlaubs benutzt hatte, war es mir möglich gewesen, die Arbeit am Drehbuch von ›La Mazzetta‹ zu Ende zu führen.

Der Vogelmensch jedoch hatte mich nie mehr ganz losgelassen, im Gegenteil, ich gebe zu, daß er sich in meinen Gedanken eingenistet hatte und mich dazu zwang, meine Umwelt aus wenigstens drei Meter Höhe zu betrachten, gerade als wäre ich wirklich zu einem Spatzen geworden und lebte versteckt in den Zweigen eines Baumes. Während der Sitzungen im Büro geschah es zum Beispiel, daß ich mich in Gedanken auf dem Rahmen eines der an der Wand hängenden Bilder niederließ, und von dort folgte ich weiterhin dem Klang der Wörter, die gesprochen wurden, aber nicht ihrem Inhalt. Derweil hatten meine Gedanken Zeit, sich in Jugenderinnerungen zu vertiefen: das Gymnasium Jacopo Sannazzaro, die Freunde, der Griechisch- und Lateinlehrer, die erste Liebe usw. Einmal versuchte ich auch, mir die Reaktion meiner Kollegen und meines Chefs vorzustellen, wenn ich den Bilderrahmen verlassen hätte und um ihre Köpfe gekreist wäre, gerade wie es die Fliegen im Sommer tun, und wenn ich dann das Fenster angesteuert hätte, um in den Wolken zu verschwinden. Kurz: Ich war reif für einen Berufswechsel, und wirklich reichte ich kurze Zeit später die Kündigung ein.

Möglicherweise ist *Zio Cardellino* wirklich ein autobiographisches Buch, und sei es auch nur, weil nach dem Gesetz Flauberts jede Geschichte autobiographisch ist, was immer man auch schreiben mag; mir selbst war jedenfalls beim Durchlesen der Druckfahne noch immer nicht klar, ob es sich nun um eine der ungezählten Geschichten nach Ovids ›Metamorphosen‹ handelt oder um die eines Mannes, der verrückt wird, oder ganz einfach um die Erzählung meines Lebens in surrealistischer Form. In letzterem Fall sind jedoch sicher nicht autobiographisch: zum einen die Frau des Helden, die ganz und gar verschieden ist von meiner Ex-Frau, zum anderen die berufliche Umgebung, also die IBM ITALIA, wo ich zwar etwa zwanzig Jahre lang gearbeitet habe, die aber im Roman nur stellvertretend steht für irgendeine beliebige große nationale oder multinationale Firma. Praktisch ähneln sich alle diese Firmen untereinander: das Büro, die Sekretärinnen, der Chef, die Kantine, die Karriere, die Versammlungen sind nur feste Bestandteile eines unveränderlichen Regiebuchs. Es ist zwecklos, daß sich meine früheren Kollegen den Kopf zerbrechen, um darauf zu kommen, wer sich hinter den Namen Bergami und Livarotti verbirgt. Es tut mir leid, wenn ich sie enttäusche: Bergami und Livarotti sind zwei universelle Entitäten (wie die Ideen Platons), geschaffen, um die Rolle des »leitenden Angestellten« als Ekel beziehungsweise die des »leitenden Angestellten« als armer Teufel zu vertreten.

Bliebe noch die Frage zu klären, ob *Zio Cardellino* ein humoristischer Roman ist, und damit betreten wir ein schwieriges Gebiet. »Was ist humoristische Literatur?« werde ich als erstes in jedem Interview gefragt. Achille Campanile erledigte das Problem mit der Antwort: »Ich weiß es nicht.« Die Mehrzahl der Leser meint jedoch, daß es dabei etwas zu lachen geben muß, für andere, sehr wenige, ist es nur eine besondere Erzählweise. Bei der ersten Gruppe entschuldige ich mich: Meine Erzählung ist nicht komisch, zu lachen gibt es wenig, und nicht einmal das Happy-End ist mir gelungen. Mit der zweiten Gruppe stimme ich eher überein: Für mich ist ›humoristisch‹ ein Adjektiv, das nur die Form und nicht den Inhalt eines Werks beschreibt. Ich leugne das Bestehen einer humoristischen Gattung in dem Sinne wie man etwa von einer Gattung ›Kriminalroman‹ oder ›Liebesroman‹ sprechen kann. Bertrand Russel, Einstein und Gogol waren – um nur ein paar Namen zu nennen, die über jeden Verdacht erhaben sind – große Humoristen und hörten darum doch nicht auf, große Philosophen, Wissenschaftler oder Schriftsteller zu sein. Und außerdem: Wer hat denn behauptet, daß Lachen unterhaltend ist? Ich persönlich unterhalte mich zum Beispiel sehr viel besser, wenn ich ergriffen bin.

Luciano De Crescenzo

*Jede Übereinstimmung
mit wirklichen Ereignissen
oder mit tatsächlich existierenden
physischen oder juristischen Personen, mit
Gesellschaften, Firmen, Organisationen
oder sonstigen Hierarchien ist als
rein zufällig zu betrachten.*

I

Sieh mal einer an, so trifft man sich wieder: Granelli aus Siena, IBM-Verkaufsschulung im Februar '61, Zimmergenosse und Banknachbar. Er hatte sich überhaupt nicht verändert, im Gegenteil, er trug noch immer den gleichen dunkelblauen Nadelstreifenanzug. Aber nein, unmöglich: Wahrscheinlich war Granelli einer von denen, die doch immer wieder beim gleichen Modell landen, wenn sie in ein Geschäft gehen.

»Wie geht's«, begrüßte ihn Granelli. »Willkommen im Palazzo.«

»Danke, gut«, erwiderte Luca. »Aber ich hatte ja keine Ahnung, daß du auch in der Zentrale arbeitest.«

»Daß ich in der Zentrale arbeite?! Mein lieber Perrella, geboren bin ich in diesem Gebäude. Ich will ja nichts sagen, aber wenn ich nicht wäre, wäre die geschätzte Firma IBM ITALIA schon längst vor die Hunde gegangen. Vergiß nicht, daß es meine Wenigkeit ist, die alles sieht, überwacht, untersucht und am Ende die Entscheidungen fällt, ohne daß es jemand merkt. Solltest du also auch den Wunsch nach einer schnellen und brillanten Karriere haben, so kann ich dir nur einen Rat geben: Stell dich stets gut mit deinem treusorgenden Freund, dem Ingegner Granelli.«

Typisch Granelli, immer noch der alte. Luca hatte noch nicht einmal Gelegenheit gefunden, guten Tag zu sagen, da hatte er sich schon als sein offizieller Beschützer angeboten.

»Vielen Dank«, sagte Luca, »aber um ehrlich zu sein, ich bin gar nicht allzu scharf darauf, Karriere zu machen.«

»Auwei, auwei, Perrella, das fängt ja gut an! Punkt 1: Im Palazzo kannst du machen, was du willst, du kannst arbeiten oder so tun als ob, du kannst der Generaldirektion um den Bart gehen oder sie beschuldigen, die Arbeiterklasse auszubeuten. Nur eines darfst du niemals: laut sagen, daß du nicht die Absicht hast, Karriere zu machen.«

»Gott sei Dank sind nicht alle Menschen gleich: Es gibt auch welche, die nicht ehrgeizig sind.«

»IBM-Leute sind es immer. Denk daran, *IBM-men* müssen groß sein, schlank, dunkel gekleidet und versessen darauf, Karriere zu machen. Du mußt einfach Karriere machen, du mußt größer werden und schlanker, sonst ist die Firma beleidigt – und vor allem darfst du nicht in Freizeitschuhen mit Gummisohlen ins Büro kommen.«

»Einverstanden, aber gesetzt den Fall, einem ist die Karriere nicht so wichtig: Die anderen, die Karrieremacher, müßten doch froh sein, und sei es auch nur, weil sie einen Konkurrenten weniger haben.«

»Weit gefehlt! Macht gefällt doch gerade, weil sie Neid weckt. Wenn die unten aufhören, neidisch zu sein, verrat du mir mal, warum es dann noch Spaß machen sollte, Macht zu besitzen. Die Regeln müssen eingehalten werden: Wer oben ist, muß das auskosten, und wer unten ist, muß darunter leiden. Schwöre mir, Perrella, daß du nie mehr solchen Schwachsinn daherredest und vergiß vor allen Dingen nicht, hin und wieder zu deinem Chef zu gehen und dich darüber zu beschweren, daß du nicht Karriere machst. A propos, stimmt es, daß du zum Direttore DP befördert worden bist?«

»Ja, im vergangenen Monat.«

»Richtig, ich muß es irgendwo gelesen haben... aber warte mal, wo ist denn die Pflanze?« fragte Granelli und schaute sich dabei um. »Und da fehlt auch die Karaffe mit den zwei Gläsern.«

»Die Karaffe?«

»Allmächtiger Gott, Perrella!« rief Granelli und blickte voller Verzweiflung gen Himmel. »Wenn ihr aus den Filialen in der Zentrale ankommt, hat man immer den Eindruck, ihr kämt gerade vom Mond. Tu mir den Gefallen, wach auf, und mach dir wenigstens ein paar Notizen, damit ich nicht umsonst rede. Jeder Direktor der Stufen 59 oder 60 hat Anspruch auf ein drei Baueinheiten großes Zimmer mit den folgenden Eigenschaften: Fenster zur Straßenseite, Direktionspflanze, dunkelbrauner Teppichboden, Nußbaumschreibtisch, drei rote Sessel, davon einer mit Rollen, ein Telefon mit direkter Fernwahlmöglichkeit, eine Chromkaraffe mit stets frischem Mineralwasser und Gläsern, deren Zahl proportional ist zum Dienstgrad des Direktors.«

»Und wie viele Gläser hast du?«

»Über die Gläser reden wir später, jetzt kümmern wir uns erst einmal um das Problem mit der Pflanze. Also, zuallererst gehst du zu Mancinelli, sagst ihm, du kommst von mir, und verlangst eine Pflanze, Typ Direttore DP, mindestens einsdreißig hoch. Laß dir keinen Philodendron geben, das ist eine Pflanze Typ *receptionist* und nur etwas für jemanden, der unten in der Eingangshalle sitzt. Und laß dir auch keinen *ficus panduratum* andrehen, der bringt Unglück, unberufen, der kann dich ganz schön in die Bredouille bringen. Marsigni, Gott hab ihn selig, dem haben sie einen gegeben, und keine drei Monate hat es gedauert, da haben wir ihn schon zu Grabe getragen. Nimm irgendeine immergrüne Pflanze mit so vielen Blättern wie möglich. Denk an den Spruch: Denn die Zahl der Blätter zeigt allen deine Wichtigkeit.«

»Und wenn ich nun statt der Pflanze ein Poster mit Waldansicht verlange? Mehr Blätter gibt's nicht!«

»Du würdest sofort zur Sekretärin deklassiert. Und wenn du dir dann auch noch ein paar Nippesfiguren auf den Schreibtisch stellst, dann dauert es keine Woche und sie lassen dich die Korrespondenz tippen. Nein, mein Lieber, dein Büro muß Effizienz und Macht ausdrücken. Deshalb kleb statistische Tabellen und farbige Diagramme an die Wände, und vergiß die

Abkürzungen nicht, die machen immer Eindruck. Keine Sorge, wenn sie keinen Sinn haben: Niemand wird sich jemals zuzugeben trauen, daß er sie nicht kapiert. Und jetzt zu den Karaffen: Also, jede Stufe 59 hat den Anspruch auf eine verchromte Thermoskanne mit zwei Gläsern aus Halbkristall auf dem entsprechenden Möbel. Beim Aufstieg von Stufe 59 auf 60 werden es vier Gläser.«

»Aber gibt es denn im Ernst jemanden, der so etwas wichtig nimmt?«

»Was, du machst wohl Witze? Die Statussymbole sind die tragenden Säulen der ganzen Motivationspolitik der Firma. Wenn du es nicht glauben willst, dann beobachte mal das Verhalten von all denen, die in den nächsten Tagen dieses Zimmer betreten: Als erstes werfen sie einen Blick auf das Tischchen. Der Grund? Sie wollen wissen, mit wem sie es zu tun haben. Danach wirst du für sie Dottor Perrella mit Karaffe, Dottor Perrella ohne Karaffe, Dottor Perrella zwei Gläser oder Dottor Perrella vier Gläser.«

»Ich fürchte, es wird mit schwerfallen, mich an das Leben in der Zentrale zu gewöhnen.«

»Sicher ist es schwierig! Nur gut, daß ich da bin, um dir zu helfen. Stell dir vor, einmal haben die Ausbilder der Grundkurse erfahren, daß im Lager Hunderte von Karaffen lagen und haben eine pro Kopf verlangt. Sie sagten, sie würden acht Stunden ununterbrochen reden und hätten davon eine trockene Kehle. Dummköpfe! Sie glaubten, bei der IBM genüge es, Durst zu haben, um Mineralwasser zu bekommen. Mancinelli war damals gerade in Urlaub, und einer seiner Stiefellecker wollte es ihnen recht machen. Heiliger Himmel! Kaum hatten die Chefs die so hochheiligen Karaffen gesehen, die offen auf den stinkigen Schreibtischen der Ausbilder standen, wurden sie fuchsteufelswild, und, geben wir's doch ruhig zu, sie hatten gar nicht so unrecht. Wo gibt's denn so was, sie hatten geschuftet wie die Blöden, um auf Stufe 59 zu kommen, und da erdreisteten sich so ein paar Hampelmänner, hierarchische

Regeln zu durchbrechen, die schon aus grauer Vorzeit überliefert sind.«

»Und was ist dann passiert?«

»Innerhalb von vierundzwanzig Stunden wurden alle Karaffen durch einfache Mineralwasserflaschen ersetzt. Aber der Wasserkrieg war noch nicht zu Ende: Als die Verkaufsdirektion sah, welche Faszination von diesen verdammten Karaffen ausging, beschloß sie, zehn davon für die besten *salesmen* des Jahres als Prämie auszusetzen. Und so gibt es heute bei der IBM mindestens zwölf Personen, die in ihrem Büro eine Chromkaraffe haben, obwohl sie keine Chefs sind. Aber Vorsicht, auch für sie gab es eine kleine Enttäuschung: Die Unglückseligen waren in dem guten Glauben, daß sie mit der gewonnenen Karaffe gleichzeitig auch Mineralwasser bekommen würden. Weit gefehlt! Da sie nicht auf der Liste WVD, Wasserverteilung Direktoren, standen, nahmen die zuständigen Leute in der Beschaffungsabteilung mit Recht ihre Existenz gar nicht zur Kenntnis. Deshalb sieht man manchmal morgens jemanden ins Büro gehen, die Mineralwasserflasche hinterm »Corriere della sera« versteckt: ein Selbstversorger. Fassen wir zusammen: es gibt heutzutage bei der IBM ITALIA fünf Kategorien von Angestellten: die mit Karaffe und vier Gläsern, die mit Karaffe und zwei Gläsern, die mit Karaffe ohne Wasser, die mit Wasser aber ohne Karaffe und die, die nichts haben und die, wenn sie Durst haben, aufs Klo gehen müssen und deshalb frustriert sind.«

»Vielleicht wäre es einfacher gewesen, Uniformen einzuführen – mit Rangabzeichen am Ärmel.«

»Ja, ja, schon gut, noch hast du leicht reden, du bist neu in der Zentrale; ich möchte dich mal sehen, ob du nicht auch in einem Monat mit der Nase am *bullettin board* klebst, um die Beförderungen aller Kollegen zu kontrollieren. Lieber Perrella, was soll ich sagen: Willkommen in der Großen Familie!«

»Willkommen in der Großen Familie«, ertönte es im gleichen Moment, wie ein Echo, draußen vor der Bürotür.

Die beiden Freunde erhoben sich, um den Neuankömmling zu begrüßen, ihren gemeinsamen Chef, den Ingenieur Livarotti.

»Nun, Dottor Perrella, sind Sie zufrieden, daß Sie in der Zentrale sind?« fragte Livarotti und führte sein sprichwörtliches Willkommenslächeln vor.

»Ja, danke, Ingegnere.«

»Aber ich sehe..., Ihr Büro ist noch nicht in Ordnung!« rief Livarotti, während er sich umsah. »Ingegner Granelli, begleiten Sie Dottor Perrella zu Mancinelli und sehen Sie zu, daß das Büro sobald als möglich funktionsbereit gemacht wird. Gehen Sie in meinem Namen hin. Sie, Dottor Perrella, kommen bitte in mein Büro. Haben Sie schon Signorina Cusani, unsere Sekretärin, kennengelernt? Signorina Cusani, Signorina Cusani... ah, da ist sie ja. Signorina Cusani, ich stelle Ihnen unseren neuen Mitarbeiter vor, Dottor Perrella. Dottor Perrella übernimmt die Stelle von Ingegner Rossini. Signorina Cusani, rufen Sie bitte Mancinelli an und bestellen Sie ihm von mir, daß das Büro von Dottor Perrella in einem erbärmlichen Zustand ist. Ich verstehe nicht, warum man nicht dafür gesorgt hat, daß er das Büro in perfekter Ordnung vorfindet; schließlich wußten doch alle, daß Perrella heute ankommen würde. Immer muß ich selbst an alles denken. Lieber Perrella, wir sind hier wie eine große Familie, aber das werden Sie schon gemerkt haben. Seien Sie bitte so freundlich, nachher noch in mein Büro zu kommen. Ich muß Sie sprechen.«

2

...Luca Perrella blieb lange im Büro. Als um sechs die Putzfrauen mit ihren Staubsaugern kamen, mußte er sich wohl oder übel davonmachen: Er ging in die Bar gegenüber (gerade lang genug, um einen Kaffee zu trinken und einem Jungen drei oder vier Spiele lang am Flipperautomaten zuzuschauen) und kehrte nach einer halben Stunde wieder in sein Büro zurück. Er öffnete das Fenster, schob den Sessel auf Rollen vor die Fensterbank und ließ sich auf ihm nieder; er saß reglos da, beobachtete die Straße und schaltete nicht einmal das Licht an.

Mailand war an diesem Tag wunderbar gewesen. Es ist unglaublich, wie schön Mailand manchmal im Frühling werden kann! Eine leichte Brise hatte genügt, um wie durch Zauberei im Norden die Berge auftauchen zu lassen, die noch leicht mit Schnee bestäubt waren. Er hatte es schon immer gesagt: um sich einen blauen Himmel zu sichern, hätten sich die Mailänder zwischen Monza und Sesto San Giovanni einen riesigen Ventilator bauen müssen, zehnmal so hoch wie der Eiffelturm. Aber wer weiß, wie das den Charakter der Mailänder verändert hätte. Vielleicht hätten dann alle die Lust zu arbeiten verloren und Italien wäre in die schwärzeste aller Wirtschaftskrisen gestürzt, bis ein paar Römer voller Verzweiflung nach Mailand heraufgekommen wären, um den Ventilator zu zerstören.

Lucas Gedanken wanderten zurück zu seinem Hochzeitstag: Er erinnerte sich an die graue Nässe, die wirkte, als hätte sich plötzlich eine Wolke bis auf die Erde herabgesenkt. Vielleicht hätte er ja nie geheiratet, wenn an jenem Tag vor sieben

Jahren schönes Wetter gewesen wäre. Für einen Süditaliener ist es ein leichtes, sich zur Ehe zu entschließen, nur weil er es nicht mehr erträgt, im Grau zu leben und in billigen Lokalen, in irgendeiner *tavola calda*, zu essen. Die ersten Tage in Mailand waren schrecklich gewesen. An dem Abend, an dem er ankam, landete er in einer etwas abgelegenen Pension am Ende des Viale Marche. Er packte seine Koffer aus, und obwohl es schon spät war, ging er noch einmal fort, um ein Restaurant zu suchen. In seiner Unkenntnis der Stadt hatte er es vorgezogen, nicht das Auto zu nehmen; stattdessen ging er zu Fuß los. Aber da begann sich ganz langsam, geradezu heimtückisch, der Nebel herabzusenken. Er verzichtete sofort darauf, weiter nach einem Restaurant zu suchen, und floh in eine Bar: bestellte nur ein Bier und zwei Sandwichs. Als er hinaustrat, merkte er, daß der Nebel noch dichter geworden war. In breitem Dialekt hörte er die Stimme eines Neapolitaners: »So schlimm wie heute abend hab ich es noch nie erlebt!« Vielleicht lag es an seiner Aufregung über den ersten Nebel, sicher ist jedenfalls, daß er sich nicht mehr erinnern konnte, ob er von rechts oder von links kommend auf die Bar gestoßen war. Er ging noch einmal hinein und fragte den Barmann nach der Pension ›America‹. Der erklärte, er sei aus Bari und lebe erst seit zwei Monaten in Mailand, und von diesem ›America‹ habe er noch nie etwas gehört. Er ging wieder hinaus und schlug aufs Geratewohl eine Richtung ein. Er lief und lief, wer weiß wie lange, er tastete sich mit den Händen an den Hauswänden entlang und hielt an jedem Eingang inne, in der Hoffnung, auf sein unauffindbares ›America‹ zu stoßen. Nichts zu machen: niemand, den er hätte fragen können. Nach zehn Uhr abends scheint Mailand in einigen Vierteln wie ausgestorben. Die einzigen Dinge, die sich bewegten, waren die Scheinwerfer der Autos, die im Nebel auftauchten und wieder verschwanden. Und alle diese Autos erschienen Luca wie ferngesteuert. Ja, vielleicht waren es nicht einmal Autos, sondern nur Lichter, extra für ihn dort angebracht, um die Situation noch dramatischer zu gestalten. Er ließ sich auf den Stufen eines Hauses nieder und wartete vergeblich darauf, daß sich der Nebel heben würde. Jene Nacht verbrachte er in einem anderen Hotel, einem, das er auf seiner verzweifelten Suche zufällig gefunden hatte. Die Pension ›America‹ verließ er am nächsten Tag, ohne auch nur eine Nacht dort geschlafen zu haben.

Die Monate vergingen, und er begann, sich einzuleben: Er fand eine Wohnung in der Gegend des Corso Buenos Aires. 25 Quadratmeter Wohnzimmer, die sich jeden Abend mit ein bißchen gutem Willen in ein großes Schlafzimmer verwandelten. 150 000 Lire im Monat, Service inklusive, plus *optionals*, d. h. Bettwäsche, Telefon, Fernsehen usw.

Sein eigentliches Problem war das Abendessen: Kochen konnte er nicht, und er hatte auch keine Freunde, mit denen er hätte ins Restaurant gehen können. Er begann, regelmäßig in einem Self-Service-Restaurant der tavola calda am Viale Tunisia zu essen. Mit dem Tablett aus Holzimitat in den Händen stellte er sich in die Schlange: zuerst das Besteck, Achtung, das Glas nicht vergessen, dann der erste Gang, das Hauptgericht, etwas Obst und manchmal ein Pudding; die letzte Station waren die Getränke, dann die Kasse und schließlich die Suche nach einem Sitzplatz. Er landete am Ende immer am gleichen Tisch: ein Eckplatz direkt vor einer Wand, und genau auf dieser Wand kam der Fleck zum Vorschein, ein kleiner Fleck, ähnlich zwei Flügeln, der eine länger, der andere kürzer, wie zwei Flügel schräg von der Seite betrachtet. Nicht daß ihm die Bedeutung dieses Flecks von Anfang an klar gewesen wäre, im Gegenteil, »das Ding« nahm erst nach einigen Wochen, in denen er sein Essen immer am selben Platz eingenommen hatte, Gestalt an. Mit Sicherheit handelte es sich um zwei Flügel, einer länger, einer kürzer, zwei Flügel eines großen Vogels, der es gewohnt war, alleine zu fliegen. Oft war er gezwungen zu warten, bis sein bevorzugtes Eckchen frei wurde. Um Zeit zu gewinnen, tat er in solchen Fällen so, als betrachte er die Vorspeisen, ging auf die Straße hinaus, betrat dann von neuem das Lokal, um nachzuschauen, wie weit der Kunde war, der auf seinem Platz saß, bis es ihm schließlich mit einem katzenartigen Satz gelang, den fraglichen Hocker zu besetzen. Einmal machte ihn Mario, der Kellner, der immer die schmutzigen Teller abräumte, darauf aufmerksam:

»Sie setzen sich immer dort in die Ecke, Dottore.«

Und er wurde über und über rot, als hätte man wer weiß was für ein Geheimnis entdeckt, ein Geheimnis, dessen er sich hätte schämen müssen.

Und so – mit all dem Nebel und dem Self-Service-Essen – wurde er bald reif für die Ehe: eines Abends ein Fest zuhause bei einem Kollegen aus dem Büro, das Vorstellen, ein ›angenehm Perrella‹ – ›angenehm Caraccioli‹, und nach zwei Monaten war es soweit: Er war verheiratet. Liebe auf den ersten Blick war es nicht gewesen, sagen wir lieber Liebe aus Einsamkeit, und die wirkt heftiger als alles andere.

Die ersten drei Jahre ging er in keine tavola calda mehr zum Essen, bis er mit Freunden zusammen eines Tages wieder im Viale Tunisia landete. Er warf einen Blick in seine Ecke und sah, daß der Fleck noch da war. Und so nahm er seine Gewohnheit wieder auf, dorthin zu gehen. Doch eines Abends, er war eben aus den Ferien zurückgekehrt, fand er das Lokal ganz und gar renoviert vor: Die Wände waren mit einer schrecklichen Backsteintapete verklebt.

»Gefällt Ihnen unser rustikaler Stil, Dottore? Geben Sie ruhig zu, ist es nicht ein Gefühl als wäre man auf dem Lande? Im September kommen auch noch die spanischen Möbel.«

Zu seinem Glück erschien der Fleck nach einigen Monaten an der Decke seines Schlafzimmers wieder: Seit den Zeiten der tavola calda war er noch gewachsen. Die Flügel öffneten sich fast bis auf 180 Grad und ähnelten denen einer Möwe, die langsam über dem Meer kreist. Normalerweise war Luca morgens der erste, der aufwachte, und das war der einzige Augenblick des Tages, an dem er in aller Ruhe den Fleck anschauen konnte, ohne Gefahr zu laufen, sich mit seiner Frau unterhalten zu müssen. Manchmal schlief er wieder ein, und dann begann der Fleck mit den Flügeln zu schlagen, erst langsam, dann schneller, immer schneller, bis er nach ungefähr zehn Runden an den Zimmerwänden entlang im Sturzflug herabstieß, durch das geöffnete Fenster flog und am düsteren, wolkenverhangenen Himmel verschwand.

Der Fleck war der erste warnende Hinweis auf das, was noch mit ihm geschehen sollte. Andere Vorzeichen bestanden darin, daß sein Geschmack sich in eine ganz bestimmte Richtung entwickelte: eine Vorliebe für manche Farben, besonders grün und blau, und ein Haß auf schwarz, auf grau und all das, was in irgendeiner Art und Weise als geometrische Figur bezeichnet werden konnte. Zum Beispiel fühlte er sich besonders abgestoßen von parallelen Linien; es war fast ein Ablehnen jeglicher Rationalität, fast eine Absage an seine Art Arbeit. Und er fühlte eine große Sehnsucht nach Raum, nach Licht, nach Meer, nach Musik.

Beim Bummeln zwischen den Ständen auf dem Markt von Senigallia hatte er im Jahr zuvor eine kleine Kupferreproduktion des *Frühling* von Botticelli gefunden. Es war nur ein Ausschnitt: das Gesicht der Nymphe Simonetta, der mit dem blätterbestickten Kleid. Ein sehr merkwürdiges Gesicht, sinnlich, jung und trotzdem traurig. Unter der Reproduktion waren die ersten zwei Zeilen der berühmtesten Ballade des Renaissance-Dichters Angelo Poliziano eingraviert:

> *Io mi trovai, fanciulle, un bel mattino*
> *di mezzo maggio in un verde giardino.*
>
> [An einem schönen Morgen im Mai, Ihr Mädchen,
> erging ich mich in einem grünen Garten.]

Er hatte an jenem Tag beschlossen, das kupferne Rechteck von nun an immer in der Innentasche seines Jacketts zu tragen. Warum, wußte er selbst nicht! Vielleicht, weil ihm die Verse gefallen hatten, oder vielleicht, weil ihn der Name Simonetta an ein Mädchen erinnerte, das er vor vielen Jahren gekannt hatte, als er noch ein hoffnungsvoller junger Mann gewesen und aufs Gymnasium gegangen war. Simonetta, der Garten von Salvatore, ein himmelblau kariertes Kleid, ein Bücherpaket, von einem Gurt zusammengehalten, der Kastanienkuchen, den sie zusammen in der Via Scarlatti gegessen hatten, der erste Kuß im Geräteraum der Turnhalle, ein Ausflug ans Meer im Januar, ein Stein, jahrelang wie eine Reliquie aufbewahrt...

»Entschuldigung, wer sind Sie?«
»Ich bin Dottor Perrella, ich arbeite in diesem Büro.«
»Würden Sie mir bitte Ihren Dienstausweis zeigen?«
»Bitte schön.«
»Sie sitzen im Dunkeln, Dottore: Ist etwas mit den Lampen nicht in Ordnung?«
»Nein, ich habe das Licht selbst gelöscht.«
»Kann ich Ihnen helfen?«
»Nein danke, ich gehe jetzt.«

3

Auch am folgenden Morgen war schönes Wetter. Als er aus der Tür trat, fröstelte er ein wenig, er fühlte ein Kribbeln auf der Haut, und dann hatte er ein deutliches Gefühl von Leichtigkeit, so, als wöge er plötzlich weniger. Luca war völlig klar, daß das physikalisch unmöglich war, aber genau das war sein Gefühl gewesen. Er dachte an alles mögliche, daß es an seinen Schuhen mit den Gummisohlen läge, daß er durch irgendein Wunder über Nacht wieder sein Gewicht als Kind zurückerlangt hätte, ja sogar, daß durch eine plötzliche Beschleunigung der Drehgeschwindigkeit der Erde die Schwerkraft auf der ganzen Welt herabgesetzt sei. Am Ende hatte er sich selbst derart beeindruckt, daß er in die erste offene Apotheke trat, um sich zu wiegen.

Da stand eine jener elektronischen Waagen, die für hundert Lire auf einer kleinen Anzeige das Gewicht in Leuchtziffern angeben. Er stellte sich drauf, warf eine Münze ein, und sogleich leuchteten die Ziffern auf: 36,200 kg. Einfach unglaublich! Luca stand da und starrte verblüfft auf seine 36,2 kg, bis ihn die Stimme der Verkäuferin in die Wirklichkeit zurückrief.

»Entschuldigen Sie, Signore, aber die Waage ist kaputt. Haben Sie das Schild nicht gesehen?«

»Wie bitte, sie funktioniert nicht?«

»Manchmal funktioniert sie und manchmal nicht.«

Als er aus der Apotheke kam, beschloß Luca, zu Fuß ins Büro zu gehen, eine knappe halbe Stunde von der Via Mario

Pagano bis zur Via Fara quer durch den Park. Doch dieser Fußmarsch durch den Park sollte Luca die bestürzendste Erfahrung des Morgens bringen: Er begriff plötzlich, daß nicht die IBM seine wirkliche Bestimmung war, sondern der Park. Das Gras, das noch feucht war von der Nacht, die herumhüpfenden Spatzen, die verlassenen Wege, alles schien ihm hinterherzurufen: Luca, wohin gehst du? Was für eine Arbeit willst du da zum Teufel tun? Das war es, das war der springende Punkt: Was für einer Arbeit ging er eigentlich nach? Er hatte sein Diplom als Chemiker machen wollen, weil ihn schon als Junge die ersten Laborexperimente fasziniert hatten; besonders die Geschichte der großen Alchimisten hatte ihn gefesselt: der Stein der Weisen, Gerber, Paracelsus, Bruno Basilio, die Rosenkreuzer. Und wie das Leben dann so spielt, statt sich im Labor der Forschung zu widmen, war er nach dem Diplom bei der IBM gelandet, zuerst als Systemanalytiker und dann im Verkauf der elektronischen Rechenmaschinen.

Nach 15 Jahren an vorderster Front war er nun vom Verkauf zum Stab gekommen. Er war Direktor und hatte, sage und schreibe, sieben Untergebene, pardon, Mitarbeiter natürlich, Leute, die er alle am Tag zuvor kennengelernt hatte. Sieben Gesichter, an die er sich schon jetzt kaum mehr erinnerte, oder doch, an eines erinnerte er sich noch, an einen gewissen Giannantonio, einen großen breiten Kerl mit schwieligen Händen, der, wenn er sprach, immer eine Art Hab-Acht-Stellung annahm wie beim Militär. Gleich als erstes hatte ihm Giannantonio erzählt, daß er Vater von fünf Kindern sei, seit 25 Jahren in der IBM arbeite, daß er, Luca, sich um nichts zu kümmern brauche, denn er wisse alles von allen und werde schon dafür sorgen, daß die sechs Drückeberger arbeiteten. Giannantonio: eher ein Feldwebel der Infanterie, der, wer weiß auf welchem Wege, zur IBM gestoßen war. Granelli hatte ihn bereits gewarnt: »Sei vorsichtig mit Giannantonio, der verkauft sich schon für sehr viel weniger als dreißig Silberlinge. Sein Bruder ist der Chauffeur vom stellvertretenden Generaldirektor, von

Dottor Bergami. Es gibt nichts in diesem Büro, was Bergami nicht innerhalb von 24 Stunden zu Ohren kommt. Wenn Livarotti könnte, hätte er Giannantonio längst vergiftet, leider kann er nicht und muß ihn wohl oder übel behalten.«

Im Büro angekommen empfing ihn Signorina Cusani mit einer Maschinengewehrsalve von Mitteilungen:

»Guten Morgen, Dottor Perrella, ich darf Sie daran erinnern, daß um 9.30 Uhr die Versammlung bei Ingegner Livarotti stattfindet, daß um 11 Uhr die Versammlung mit der Abteilung Sicherheitssysteme im kleinen Konferenzsaal im neunten Stock ist, daß Sie spätestens am Dienstag, dem 10., die Spesenabrechnungen abgegeben haben müssen und daß am Donnerstag, dem 12. um 16 Uhr der Entwurf Ihres Monatsberichts abgeliefert werden muß. Kann ich Ihnen sonst noch irgendwie behilflich sein?«

Wenn es außer dem Dom noch etwas gibt, das für Mailand kennzeichnend ist, so ist es die Dynamik seiner Sekretärinnen. Und die Cusani war ein wahres Musterexemplar: mager, kurze Haare, brüsk in ihren Bewegungen, schnell im Sprechen, gekleidet mit beinah männlicher Nüchternheit, tippte sie auf der Schreibmaschine, sprach am Telefon und antwortete gleichzeitig all denen, die zu ihr kamen. Und anschließend brauchte sie knappe zehn Minuten auf der Damentoilette, um sich pünktlich um 18 Uhr wieder in ein menschliches Wesen weiblichen Geschlechts zu verwandeln.

Luca registrierte nur den ersten der Termine, die die Cusani ihm aufzählte; wegen der anderen, überlegte er, würde er später Granelli um Hilfe bitten. Und da erschien Granelli auch schon, lächelnd wie immer, ironisch und respektlos, mehr Toskaner denn je.

»Ciao, Perrella, nun, was sagst du zu der Pflanze, die ich dir besorgt habe? Es ist eine *Syngonium podophillum*. Mach dir nichts draus, daß sie klein ist: die wächst. Ich würde mich nicht wundern, wenn in einem Jahr irgendein hohes Tier versuchen würde, sie dir wegzunehmen. Ich habe dich schon gestern durchschaut: Wenn ich mich nicht um die Pflanze gekümmert hätte, du wärest niemals zu Mancinelli gegangen!«

»Vielen Dank, aber ich kann dir getrost versichern, daß du dich täuschst: Ich mag Pflanzen sehr. Und wenn man es recht bedenkt, sind sie das einzige Grün, das man in den Büros sieht.«

»Ja, aber laß dich jetzt nicht von der Pflanze ablenken; gleich fängt die Besprechung bei Livarotti an. Mein lieber Perrella, denk daran, unser Chef ist wirklich ein guter Mensch, aber wie alle Mailänder hat er eine große Schwäche: Er ist ein richtiger Pünktlichkeitsfanatiker. Er sagt immer, daß Napoleon in Waterloo niemals verloren hätte, wenn Marschall Grouchy pünktlich gewesen wäre.«

»Und was ist das heute für eine Besprechung?«

»Das spielt keine Rolle: in der Zentrale sind die Besprechungen das gleiche wie die Messen in einem Kloster: Sie werden abgehalten, weil man sie abhalten muß. Was die Produktivität angeht, glänzen sie durch deren völliges Fehlen. Aber trotzdem gibt es sie, sie symbolisieren die ›Regel‹, den Gehorsam dem System gegenüber. Der Chef versammelt die Gruppe und erklärt die Versammlung für eröffnet, danach beginnt einer der Teilnehmer seinen Bericht. Fünf Minuten lang herrscht angestrengte Aufmerksamkeit, und dann, während langsam die Zeit verrinnt, fängt der eine an zu kritzeln, ein anderer schaut auf die Uhr und wieder ein anderer schläft ein. In Wahrheit interessiert das Tagesthema keinen Menschen, abgesehen von denen vielleicht, die manchmal unterbrechen, um sich beim Chef ins rechte Licht zu setzen.«

»Alles klar, aber was soll ich heute machen?«

»Für den Moment noch gar nichts. Versuch nur, nicht einzuschlafen. Du weißt, wie das ist: du hast noch keine Übung und würdest auffallen. Wie auch immer, wenn du es wirklich nicht schaffst, kauf dir für das nächste Mal eine Sonnenbrille, eine mit Spiegelgläsern so wie Bandini sie hat.«

»Aber ich schnarche manchmal.«

»Später wird Livarotti dir dann einen Bericht zur Ausarbeitung anvertrauen. Mach dir jedenfalls keine Sorgen: Nichts von dem, was wir in der Zentrale machen, kann dem Verkauf schaden. Die IBM ist in geschlossenen Arbeitsgruppen organisiert, und die Filialen sind Gott sei Dank gegen die Entscheidungen des Stabs abgeschirmt.«

»Und warum veranstaltet man dann diese Versammlungen?«

»Weil sie der Choreographie der Macht dienen. Der Chef sitzt in der Mitte und nimmt damit den Platz ein, der von jeher dem Meister zustand, das schafft ihm Anerkennung. Und außerdem, wer weiß: vielleicht hat der arme Kerl zu Hause nichts zu vermelden und hier im Büro kann er dagegen endlich...«

An diesem Punkt wurde das Gespräch von Signorina Cusanis Stimme unterbrochen.

»Ingegner Granelli, Dottor Perrella, die Sitzung beginnt! Ingegner Livarotti erwartet Sie.«

Das Büro des Chefs wurde von einer riesigen Pflanze beherrscht, zwischen deren Blattwerk sich selbst Livarotti mühsam einen Weg bahnen mußte, wann immer er seinen Platz hinter dem Schreibtisch einnehmen wollte. Ansonsten entsprach alles den Regeln: Karaffe mit vier Gläsern (Stufe 60), Foto der Kinder auf dem Schreibtisch, die Urkunde *25 Jahre bei der IBM* an der Wand, ein Pokal, den die Mitarbeiter der Gruppe Absatzplanung im Tischfußballturnier der Firma gewonnen hatten.

Es fehlten Stühle. Perrella wollte gerade hinausgehen, um sich einen zu holen, als er Giannantonio sah, der sich schon darum gekümmert hatte, ihm einen Sessel zu besorgen, obwohl er selbst nicht zu der Sitzung geladen war. Nach kurzem Durcheinander nahmen alle Platz.

»Wer fehlt?« fragte Livarotti.

»Ingegner Genovesi«, antwortete die Cusani.

»Haben Sie ihm Bescheid gegeben?«

»Ja, aber Ingegner Genovesi wohnt in Como...«

»Das hat gar nichts zu sagen! Wenn Genovesi in Como wohnen will, ist das seine Angelegenheit. Nichts gibt ihm das Recht, zu spät zu den Besprechungen zu kommen. Als ich in die IBM eintrat, lagen die Büros in der Via Tolmezzo, und ich wohnte in Baggio...«

»... und hatte kein Auto«, flüsterte Granelli Luca ins Ohr.

»... und hatte kein Auto«, fuhr Livarotti tatsächlich fort.

»Nun gut, das waren andere Zeiten, und heute muß man toleranter sein, aber denken Sie immer an das, was ich Ihnen sage: Wenn Marschall Grouchy bei der Schlacht von Waterloo pünktlich gewesen wäre, wäre Napoleon nie besiegt worden.«

Während er diesen letzten Satz aussprach, sah Livarotti Dottor Perrella an: Das historische Zitat war eindeutig dem Neuankömmling gewidmet. Granelli unterstrich das Ereignis, indem er Luca unter dem Tisch einen leichten Fußtritt versetzte.

»Mittlerweile ist es fast zehn, und wir haben mit der Arbeit noch nicht einmal angefangen«, brummte Livarotti, »schauen wir mal, was auf der Tagesordnung steht... Vorhersagen für dreißig, sechzig und neunzig Tage, es berichtet Ingegner Salvetti. Bestens. Salvetti, haben Sie die *flip charts* mitgebracht? Prima, Sie fangen jetzt jedenfalls mal an. Auch Ingegner Genovesi zuliebe können wir nicht länger warten.«

Salvetti stand auf und ging zum Pult, wo er zuvor schon alle Blätter seines Berichts vorbereitet hatte. Auf dem ersten Blatt war mit riesengroßen roten Buchstaben, hervorgehoben noch von einem blauen Rand, die Aufschrift gemalt: VORHERSAGE FÜR DREISSIG TAGE. Die Abstände zwischen den Buchstaben wurden am Ende plötzlich kürzer und kürzer: Offensichtlich war dem Zeichner am Schluß klar geworden, daß er es nicht schaffen würde, auf dem Blatt zu bleiben, was für jemanden, der Spezialist für Vorhersagen ist, nicht gerade einen guten Anfang darstellt. Doch Salvetti hatte seinen

Bericht noch nicht begonnen, als die Tür aufging und der Ingenieur Genovesi erschien, besser bekannt unter dem Namen »Marschall Grouchy«. Genovesi hatte den entmutigten Gesichtsausdruck von jemandem, der in wer weiß was für einem Verkehrsstau steckengeblieben ist. Livarotti tat, als ob er ihn gar nicht bemerke, und erst als Genovesi von neuem hinausging, um sich einen Stuhl zu besorgen, erhob er die Augen gen Himmel, als wolle er dort um Verständnis flehen.

Die Stimme von Ingenieur Salvetti war auf eine tragische Weise eintönig und der Inhalt seines Berichts äußerst langweilig. Außerdem ließ sich Salvetti niemals zu eigenen Kommentaren hinreißen: Er beschränkte sich darauf, die in den Tabellen aufgereihten Zahlen vorzulesen, Kommata und Dezimalstellen eingeschlossen. Luca schätzte mit einem gewissen Näherungswert ab, wieviele Seiten noch zu lesen blieben, und zog den Schluß, daß bei der Geschwindigkeit, mit der Salvetti vortrug, dieser Zahlenmonolog noch mindestens eine halbe Stunde dauern würde. Inzwischen schweifte sein Blick hinaus aus dem Fenster. Von seinem Beobachtungsposten aus entdeckte er zwischen den Miniwolkenkratzern der Via Fara und der Via Pirelli ein altes und verfallenes Haus. Das bucklige, rostfarbene Dach, die Schornsteine mit den Eisenkappen und die Balkone, die an der ganzen dem Innenhof zugewandten Hausfassade entlangliefen, standen in einem krassen Gegensatz zu den umliegenden Gebäuden aus Glas und Aluminium. Eine Katze und ein Kind spielten auf dem Balkon im obersten Stock.

»Bezirk Nord, Vorhersage 30 Tage, 625 000 Punkte, mittlere Wahrscheinlichkeit 64.3, Vorhersage 60 Tage, 720 000 Punkte, mittlere Wahrscheinlichkeit 42.2, Vorhersage 90 Tage, 960 000 Punkte, mittlere Wahrscheinlichkeit 33.3. Bezirk Mitte-Süd, Vorhersage 30 Tage, 420 000...«

Die Stimme Salvettis hatte längst jeden menschlichen Klang verloren: Man hätte sie als ein bloßes Hintergrundgeräusch in Livarottis Büro definieren können. Was für einen Sinn hatte es für Luca, hier drinnen eingeschlossen zu bleiben? Und wenn er jetzt aufgestanden wäre und gesagt hätte: »Meine Herren, ich bitte um Entschuldigung, aber ich sehe auf dem Balkon dort gegenüber eine kleine Katze. Ich gehe kurz hinüber, um ein bißchen mit ihr zu spielen, und bin in etwa einer halben Stunde wieder zurück: Führen Sie Ihre Versammlung inzwischen ruhig zu Ende.« Was hätte Livarotti wohl gesagt? Luca hätte sich entschuldigt und erklärt, daß die Katze ihn an eine andere erinnerte, die er geschenkt bekommen hatte, als er eben zwölf Jahre alt war: eine kleine gelbe Katze.

»*Large system*, Bezirk Nord, Vorhersage 30 Tage 395 000 Punkte, mittlere Wahrscheinlichkeit 68.5, Vorhersage 60 Tage 455 000 Punkte, mittlere Wahrscheinlichkeit 48.1, Vorhersage 90 Tage...«

Zahlen, nichts als Zahlen! Luca verglich sie mit dem Mailänder Nieselregen: leicht, was die Intensität betrifft, aber unendlich, was ihre Dauer angeht. Doch all das störte seine Kollegen nicht im geringsten, die das schon längst nicht mehr berührte und die dem Bericht Salvettis in absoluter Gleichgültigkeit weiter zuhörten. Lieber Gott, dachte Luca, wie hält man das aus?! Und wenn er plötzlich über ihren Köpfen umhergeflattert wäre und dann, nachdem er um Erlaubnis gefragt hätte, durch das Fenster hinausgeflogen wäre, wäre dann etwas passiert? Hätte sich der Tonfall von Salvettis Stimme geändert?

»Und was meinen Sie dazu, Perrella?« erkundigte sich Livarotti.

»Wie bitte?«

»Ich habe Sie gefragt, ob Sie die monatliche Gegenüberstellung zwischen Vorhersage und Bilanz für nützlich halten oder ob Ihrer Meinung nach vielleicht ein abgewogener Vergleich alle sechs Monate signifikanter wäre.«

»Ich habe diese Arbeit erst gestern übernommen und mir ehrlich gestanden diesbezüglich noch keine Meinung gebildet.«

»Das ist richtig«, gab Livarotti zu. »Ich rate Ihnen jedoch, einen Blick auf die Vorhersagen und die tatsächlichen Ergebnisse während der letzten drei Jahre zu werfen, damit Sie in kürzester Frist praktische Erfahrung erwerben. Noch besser: Wenn Sie schon dabei sind, könnten Sie einen historischen Vergleich der Näherungswerte in den letzten drei Jahren getrennt nach Filialen vorbereiten.«

»Gewiß.«

»Wann könnten Sie ihn vorlegen, was glauben Sie?«

»Nun, ich weiß nicht... heute ist Donnerstag... sagen wir... *tschiep tschiep tschiewi*... ich könnte ihn bis Freitag nächster Woche fertiggestellt haben.«

Als Ingegner Livarotti Luca zwitschern hörte, starrte er ihn verblüfft an. Alles blieb, mit angehaltenem Atem, in Erwartung der Reaktion des Chefs reglos sitzen.

»Perrella, was machen Sie denn da? Pfeifen Sie?«

»Ich... was?«

»Sie haben eben gepfiffen!«

»Ich... gepfiffen? *Tschiep, tschiep, tschiep piep, piep*... ich habe nicht diesen Eindruck.«

»Dottor Perrella!!!«

»*Tschiep tschiep tschiep...*«

»Perrella, was soll das? Bist du übergeschnappt?!« raunte ihm Granelli zu. »Paß auf, Livarotti wird stinksauer!«

»*Tschiep tschiep tschiep tschiep tschiep... piep piep piep tschiwie tschiwie... tiriliii.*«

4

Als er nach Hause kam, fand er die beiden Schwestern Caràccioli in einem fürchterlichen Streit vor, wieder einmal aus den üblichen Interessenkonflikten, die ihren Ursprung alle in einem ungeteilten Immobilienbesitz hatten, den seinerzeit der vielbeweinte, mit dem Titel ›Cavaliere del Lavoro‹ ausgezeichnete Buchhalter Ottavio Caràccioli, hinterlassen hatte und der nun von seinen beiden Töchtern bewohnt wurde: Signora Elisabetta Caràccioli, verheiratete Perrella, und Signora Maricò Caràccioli, verheiratete Del Sorbo. Besagter Immobilienbesitz bestand aus einer alten Wohnung in der Via Mario Pagano und hatte, obwohl diese immerhin acht Zimmer umfaßte, nur einen einzigen Abort. Und da jene Örtlichkeit genau am Ende des Hauses lag, war jeder Versuch, das Ganze in zwei separate Wohnungen zu teilen, erfolglos geblieben.

Das Drehbuch, dem die zwei Schwestern Caràccioli folgten, war immer dasselbe. Und deshalb hielt es unser Luca, der sich für diesen Disput absolut nicht interessierte, für besser, sich ins Wohnzimmer zu begeben und ein wenig Musik zu hören. Er legte seine Lieblingskassette in den Rekorder ein, das *Konzert* KV 467 von Mozart, setzte sich den Kopfhörer auf und streckte sich ruhig auf dem Sofa aus. Nach ein paar Minuten strahlte sein Gesicht Glückseligkeit aus. Unterdessen tobte die Schlacht um ihn herum immer heftiger:

»Du mußt dich entscheiden«, schrie Maricò. »Wenn das Haus in der Mitte geteilt ist, mußt du auch die Hälfte von allem bezahlen: Wasser, Licht, Gas, Telefon und Dienstmädchen.«

»Das würde dir so passen«, grinste Elisabetta hämisch, »dabei vergißt du, daß ihr zu viert seid, wir aber sind nur zu zweit, und ich muß deshalb nur zwei von sechs Teilen zahlen. Morgen gehe ich los und melde das Telefon ab. Das benutzt sowieso bloß ihr: dein Mann, um seine Geschäftchen abzuwickeln, und dein Sohn zum Politisieren. Und was dich anbelangt, da bin ich lieber ganz still.«

»Hört nur, wie sie daherredet!« gab Maricò zurück. »Erst gestern habe ich dich erwischt, wie du mit dieser eingebildeten Gans von Maria Rosaria geredet hast.«

»Erlaube dir nicht, Maria Rosaria zu beleidigen, hörst du? Sie ist immerhin meine beste Freundin und ein abgeschlossenes Studium hat sie auch.«

»Ja, ja, aus Traiano ist sie, aus diesem Kleinbürgerviertel.«

»Na und?«

»Gar nichts: na und! Wenn Maria Rosaria in Mailand wohnen würde, wäre es mir piepegal. Wenn es dich nur glücklich macht! Das Dumme ist nur, daß sie in Neapel wohnt, und daß ich am Ende die Rechnung mitbezahle.«

»Also gut, schaffen wir das Telefon ab!«

»Keiner rührt mir das Telefon an: es läuft auf den Namen meines Mannes.«

»Und das bedeutet, daß es dein Mann auch bezahlt.«

»Aber nein, mein Schatz. In diesem Haus werden alle Ausgaben geteilt. Und wenn dir das nicht paßt, kannst du gehen, verstanden?«

Genau in diesem Augenblick hatte auch der Schwager seinen Auftritt: Signor Franco Del Sorbo, Inhaber der gleichnamigen Import-Export-Firma.

»Hör zu, Elisabetta, laß uns vernünftig sein. Ich hätte schon eine Lösung: Du verkaufst mir deinen Teil des Hauses und verdienst dir damit ein paar Millionen, und dann suchst du dir ein schönes Haus für dich und Luca. Du merkst doch selbst, daß es so nicht weitergehen kann.«

»Schon gut: Wenn es nach euch ginge, dann sollte ich für 'n

Appel und 'n Ei das Haus verkaufen, in dem ich meine ganze Jugend verbracht habe«, sagte Elisabetta mit brechender Stimme als kämen ihr schon die Tränen.

»Wer hat denn von 'nem Appel und 'nem Ei gesprochen?« beeilte sich Franco ungeduldig klarzustellen. »Andererseits muß man sich darüber klar sein, daß die Wohnung unzureichend mit sanitären Einrichtungen ausgestattet ist.«

»Ah, jetzt habe ich verstanden«, rief Elisabetta mit einem ironischen Lächeln aus. »Du meinst wohl, daß mein Teil der Wohnung derjenige ohne sanitäre Einrichtungen ist, richtig? Und deiner dagegen der mit?«

»Das habe ich nicht gesagt«, protestierte Franco mit erhobener Stimme und wurde noch röter, als er es gewöhnlich war. »Ich wollte ganz einfach sagen, daß es leider ein Haus ist, das keine zwei Bäder hat, zum Teufel noch mal!«

In diesem Augenblick hatte Luca den Kopfhörer abgenommen und war aufgestanden, um die Kassette umzudrehen. Er warf einen Blick auf seine Angehörigen und sagte: »Finden wir uns damit ab: wir sind zwei Familien, die am selben Abflußrohr hängen. *Tschiwie, tschiwie, tschiwie.*«

Aber daß er gezwitschert hatte, war niemandem aufgefallen.

»Aber warum machen wir es nicht umgekehrt? Ihr zieht aus und überlaßt mir eure halbe Wohnung ohne Toilette«, schrie Elisabetta und warf voller Wut ein Kissen auf den Boden.

»Wenn wir darauf warten, daß dein Mann das Geld verdient, um eine Wohnung zu kaufen, meine Liebe, dann sprechen wir vielleicht im Jahr zweitausend nochmal darüber«, antwortete Maricò mit ironischem Lächeln.

»Das ist unsere Angelegenheit! Sagt mir lieber, wieviel ihr für euren Teil der Wohnung wollt.«

Nochmals öffnete sich die Eingangstür und herein kam Vittorio, Erstgeborener der Familie Del Sorbo, Ex-Anarchist, Ex-Maoist, Ex-Stadtindianer, Ex-Hare-Krishna-Jünger, Ex-Autonomer, und all das mit nur 18 Jahren.

»Das Eigentum ist am Krieg schuld«, proklamierte er und

trat vor die Gruppe seiner Anverwandten. »Scheißspießbürger: Ihr seid ja schon tot und wißt es nicht einmal. Wenn ihr anständige, saubere Leute wäret, müßtet ihr in einer so großen Wohnung wie dieser mindestens noch zwei weitere Familien beherbergen.«

»Sauber mit gewissen Einschränkungen«, mischte sich Luca ein. »Wir wären dann vier Familien mit einem einzigen Bad.«

»Schmutzig ist nur das Geld, liebster Onkel, und wie du siehst, redet man in diesem Haus von nichts anderem als von Geld.«

»Da haben wir ihn ja, Che Guevara ist da«, rief ihm der Vater hinterher. »Geld ist schmutzig! Aber wenn ich mal vergesse, ihm das wöchentliche Taschengeld zu geben, dann macht er mir die Hölle heiß.«

»Du hast mich in die Welt gesetzt und nun unterhältst du mich gefälligst«, antwortete finster Che Guevara. Dann an Luca gewandt: »Onkel, hast du Chicca gesehen?«

»Sie wird in ihrem Zimmer sein.«

Chicca war die Jüngste, sechs Jahre alt. Sie wurde, man kann fast sagen »zufällig« geboren. Tatsächlich hatten die Del Sorbo nach Vittorio beschlossen, keine Kinder mehr zu bekommen. Dann, wie es halt so passiert, die Tage schlecht berechnet, und da bist du nun, Chicca, die Schönste von allen.

»Elisabetta, hör zu«, sagte Franco in verändertem Tonfall und setzte sich in einen Sessel. »Setz dich zu mir und schau dir diese Immobilienanzeigen an.«

»Was soll ich anschauen?« antwortete Elisabetta, ohne sich auch nur um einen Millimeter zu bewegen.

»Ich will dir etwas zeigen«, fuhr Franco fort und zog aus seiner Tasche Blätter, Zettel und Zeitungsausschnitte. »Hier, hör dir diese Anzeige an: Leerstehende Wohnung zu verkaufen, renoviert, drei Zimmer, zwei Bäder, kleiner Keller, 90 Millionen, über Darlehen finanzierbar. Verstehst du, zwei Bäder! Ich bin aus Neugier hingegangen, um sie mir anzuschauen. Sie ist wunderschön. Herrschaftliches Haus, nur ein paar Wohnungen, und im Innenhof haben sie eine Kletterpflanze, so eine Art Efeu, der die ganze Fassade bedeckt. 90 Millionen, 60 sofort und 30 über Darlehen.«

»Kauf es doch, wenn es dir so gut gefällt.«

»Natürlich gefällt es mir, aber für uns ist das nichts. Drei Zimmer sind zu wenig, die Kinder werden größer, und wo soll ich sie schlafen lassen?«

»Und warum hast du sie dir dann angeschaut?«

»Na, für dich, mein Kind, für dich. Ihr habt keine Kinder, und die Wohnung scheint wie für euch gemacht: Schlafzimmer mit Abstellkammer, die man als Kleiderkammer einrichten könnte. Eßzimmer und Wohnzimmer mit je zwei Fenstern zur Straße. Und außerdem zwei Bäder, verstehst du, Elisabetta, 2 Bäder: morgens könnt ihr im Bad bleiben, so lange ihr wollt, ohne Alptraum, daß die anderen schon draußen warten.«

»Und hast du auch schon eine Idee, woher die 90 Millionen kommen sollen?«

»In bar verlangen sie nur sechzig. Ein bißchen werde ich dir ja erstmal für die Hälfte dieser Wohnung geben, und ein bißchen leiht sich Luca im Büro. Ich habe mich informiert und erfahren, daß man sich bei der IBM in einem Programm zur Eigenheimfinanzierung bis zu 14 Millionen zu einem niedrigen Zinssatz leihen kann. Luca, he, Luca, ist es wahr, daß euch die IBM 14 Millionen...«

Luca hatte sich die Kopfhörer wieder aufgesetzt und lächelte selig. Sofort war Franco bei ihm, schaltete das Gerät aus und nahm ihm die Kopfhörer ab. Er war sichtlich irritiert von der Gleichgültigkeit seines Schwagers.

»Luca, ist es wahr, daß es bei der IBM ein Programm zur Eigenheimbeschaffung gibt, über das du dir ein paar Millionen leihen könntest?«

»Ja, ich glaube, ja, *tschiwie, tschiwie, tschiwie, tschiep, tschiep*...«

»Schon gut«, Franco wurde ungeduldig. »Der da, der pfeift drauf. Und wieviel geben sie dir? 14 Millionen?«

»Tschiwie, tschiwie, tschiwie ... tschiep, tschiep, tschiwie ... tschiwiiie.«

»Donnerwetter noch eins! Willst du wohl mit diesem Pfeifen aufhören!?«

»Tschiwie, tschiwie, tschiwie ... tschiwie.«

»Laßt ihn in Ruhe«, schrie Elisabetta. »Tut, als wäre er gar nicht vorhanden. Er begreift nicht, daß seine Frau kurz vor einem Nervenzusammenbruch steht. Er begreift es nicht, und er will es nicht begreifen. Er pfeift sich eins.«

5

Das erste Zwitschern Lucas wurde alsbald zu einer klassischen Anekdote in der Geschichte der IBM ITALIA. Und wie üblich in solchen Fällen, wurde die Episode nach und nach mit immer neuen Einzelheiten ausgeschmückt. Zu den erfolgreichsten im Umlauf befindlichen Versionen zählte eine, derzufolge Perrella nicht nur gezwitschert hatte wie ein Buchfink, sondern auf den Konferenztisch gesprungen war und versucht hatte, Ingegner Livarotti in den Kopf zu picken. Andern zufolge hatte der Wahnsinnige das ganze Solo aus dem *Barbier von Sevilla* gepfiffen. Scherz beiseite, die ganze Zentrale war geschockt von dem Skandal in der Gruppe Absatzplanung, nicht zuletzt weil Luca, dieser verflixte Kerl, sich noch ein paarmal zwitschernd im Flur überraschen ließ. Je mehr sich die Nachrichten verdichteten, desto mehr füllte sich der vierte Stock mit Neugierigen, die dieses Phänomen »sehen« wollten. Es kamen Sekretärinnen aus den anderen Stockwerken. Abteilungsleiter, die einen Abstecher zu Granelli machten, um zu erfahren, wie die Geschichte tatsächlich abgelaufen war, und alle möglichen anderen Leute, die unter dem einen oder anderen Vorwand in das Büro von Luca gingen, in der Hoffnung, einen Triller aus erster Hand mitzuerleben.

Offen gesagt gab es für all diese Aufregung auch Grund genug, denn Luca hatte nach jenem berühmten Morgen begonnen, sich auf eine bizarre oder doch zumindest ungewöhnliche Art zu bewegen. Mit anderen Worten: Dottor Perrella nahm im Stehen Stellungen an, die, sagen wir mal so, typischer für

Vögel als für Menschen sind. Klassisch zum Beispiel jene, reglos auf einem Bein zu stehen. Ja, genau wie ein Kranich. Andere Male stützte er die Hände in die Hüften und bewegte die Ellenbogen wellenförmig vor und zurück als wären es Flügel. Ach Gott, diese Bewegungen waren kaum zu bemerken und ihm selbst gewiß nicht bewußt, aber man muß sich darüber im klaren sein, daß alle Augen auf ihn gerichtet waren und daß sein Verhalten von den Kollegen unter ornithologischen Gesichtspunkten interpretiert und sofort anschließend unter Hinzufügung immer neuer Einzelheiten weiter verbreitet wurde. –

Witze über den Vogel Perrella gab es in Hülle und Fülle, und das hatte den ruhigen Routinebetrieb in der Gruppe Absatzplanung total aus dem Tritt gebracht. Bemerkungen über die *Paloma blanca* oder auch Sätze wie: »Sagt Perrella Bescheid, daß in ein paar Tagen die Jagd eröffnet wird«, waren an der Tagesordnung. Livarotti, der Ärmste, war nicht mehr er selbst: Das Gerede, das Gelächter in den Fluren und endlich sogar ein gewisses Mißtrauen gegenüber dem Monatsbericht seiner Abteilung hatten ihn zutiefst erschüttert. Einige seiner Kollegen hatten ihm den Floh ins Ohr gesetzt: Er solle besser Vorkehrungen treffen, für den Fall, daß das Phänomen psychisch-physischem Streß zuzuschreiben sein sollte, indem er den Vorfall den nächsthöheren Stellen meldete. Nur so könne er verhindern, eines Tages wegen Mißhandlung eines Mitarbeiters angeklagt zu werden. Der letzte Schlag traf ihn in Form einer Einladung von seiten der Personaldirektion, innerhalb von 24 Stunden einen TC-Bericht *(Top confidential)* über das Vorgefallene zu verfassen.

Das war der Moment, in dem Livarotti den Kopf verlor: Nach einer schlaflos verbrachten Nacht beschloß er, den stellvertretenden Generaldirektor Dottor Bergami, mit dem zusammen er in die Volksschule gegangen war, um ein Gespräch zu bitten.

»Hören Sie, Livarotti, ich verstehe nicht recht, was Sie von mir wollen«, erklärte ihm Bergami, sobald er ihn sah (wahrscheinlich hatten sie sich in der Volksschule geduzt, aber das hatte Bergami längst vergessen). »Ich fürchte, Sie lassen sich da von dem Gerede auf den Fluren beeinflussen. Sind Sie sicher, daß Sie den Vorfall nicht überbewerten?«

»Dottor Bergami, ich versichere Ihnen...«

»Vielleicht war dieser Perrella betrunken.«

»Am frühen Morgen?«

»Kann man nie wissen: In Amerika habe ich Schlimmeres erlebt. Sie sind jedenfalls sicher, daß Perrella nicht betrunken war?«

»Absolut sicher. Ich wiederhole noch mal: Als Perrella in die Versammlung kam, war er völlig normal. Das, was dann geschah, hätte niemand auch nur ahnen können.«

»Das, was dann geschah!« wiederholte Bergami und ahmte Livarottis Stimme dabei nach. »Sie sagen: das, was dann geschah, als wäre da wer weiß was passiert. Zum Kuckuck, Livarotti, wir wollen doch nicht übertreiben!«

»Glauben Sie mir, Dottor Bergami, die Sache ist besorgniserregend.«

»Sie haben Sinn für Humor?! Bei all dem, was ich zu tun habe, New York, das auf das *Operating Planning* wartet, dem Monatsbericht, den ich noch schreiben muß, Mister Kenneth, der morgen aus Amerika kommt und den ich in Italien herumfahren muß, da kommen Sie heute daher, bitten mich um eine Unterredung und rauben mir eine halbe Stunde meiner kostbaren Zeit, weil irgendein Kerl namens Perrella in einer Versammlung gepfiffen hat!«

»Nein, Dottore, nein, Perrella hat nicht gepfiffen. Er hat gezwitschert.«

»Livarotti!!!« schrie Bergami. »Was wollen Sie mir denn damit weismachen – er hat gezwitschert? Daß er ein Vogel geworden ist?!«

Auf diese präzise Frage gab Livarotti keine Antwort;

Bergami sprang auf, stützte die Hände auf den Schreibtisch und wiederholte mit leiser, aber drohender Stimme seine Frage: »Was meinen Sie damit, wenn Sie sagen: ›Er hat gezwitschert‹?«

»Daß er gezwitschert hat!«

»Auf welche Weise? Können Sie es mir vormachen?«

»Ich habe es versucht, aber es gelingt mir nicht... es ist so ein Zwitschern, wie das, was man früher im Radio hörte... erinnern Sie sich?«

»Welche Sendung?«

»Es war keine Sendung, es war das Rundfunkvögelchen, das in den Pausen zwischen den Sendungen sang. Es gab da auch ein Lied.«

»Was für ein Lied?«

»Es ging so: ›L'uccellino della radio ha preso il vol‹.«

»Was soll das, fangen Sie an zu singen?«

»Nein, ich wollte Sie nur an das Rundfunkvögelchen erinnern.«

»Guter Gott, Livarotti! Ich fange an zu glauben, daß hier in der IBM irgendwas verkehrt läuft: Da wird gesungen, gepfiffen, gezwitschert, und kein Mensch arbeitet. Okay, jetzt habe ich die Nase voll. Rufen Sie diesen Perrella zu sich, halten Sie ihm eine Moralpredigt, die sich gewaschen hat, und dann ist alles wieder in Ordnung.«

»Ich fürchte, so einfach ist die Sache nicht, Dottor Bergami... Perrella macht noch andere merkwürdige Dinge...«

»Was macht er?«

»Er bewegt die Arme so.« Livarotti stand auf und streckte die Arme hinter den Rücken, dann begann er mit den Ellenbogen zu rudern wie ein Vogel, der sich zum Flug aufschwingt.

»Tatsächlich?!« seufzte Bergami und setzte sich. Dieses Mal hatte Livarotti ihn beeindruckt. »Also ist er verrückt?«

»Ich weiß nicht.«

»Wie sieht es mit seiner Arbeit aus?«

»Bestens: Alles, worum ich ihn bislang gebeten habe, hat er mir zur vollsten Zufriedenheit abgeliefert.«
»Und woher kommt dieser Perrella?«
»Aus Neapel.«
»So einer kann ja nur aus Neapel sein!«
»Unten in Neapel hat er als Verkäufer gearbeitet, dann wurde er vor sieben Jahren in die Filiale Mailand 3 versetzt, wo er dann Marketing Manager wurde.«
»Ach ja, ich erinnere mich: einer mit Schnurrbart?«
»Genau.«
»Und wenn er ein Außerparlamentarischer wäre ... Sie wissen schon, einer von denen, die in diesen linken Zeitschriften unter einem Pseudonym schreiben, einer, der es sich in den Kopf gesetzt hat, uns auf den Arm zu nehmen?«
»Nein, das schließe ich aus. Granelli, der ihn schon lange kennt, hat mir versichert, daß er sich nicht mit Politik beschäftigt.«
»Behalten Sie ihn jedenfalls im Auge und berichten Sie mir.«
»Selbstverständlich, Dottore.«
»Ach übrigens, Livarotti, hat dieser Perrella noch Urlaubstage ausstehen?«
»Sechzehn.«
»Richten Sie es so ein, daß er sie sofort nimmt: Vielleicht braucht er nur ein bißchen Erholung.«
»Ich habe es ihm schon vorgeschlagen, aber er hat mir erklärt, daß er sie im Juli nehmen will, wenn er mit seiner Frau ans Meer fahren muß.«
»Verflixt, das ist aber dumm! Und außerdem fällt mir gerade ein, am nächsten Donnerstag ist der Kick-off.«
»Ja, und?«
»Mann, Livarotti, wachen Sie auf. Sind Sie sich darüber im klaren, daß es dieses Jahr Mister Kenneth höchstpersönlich sein wird, der den Kick-off macht! Und Sie wissen auch, wie Mister Kenneth ist: Der fängt mit allen ein Gespräch an, mit den Sekretärinnen, mit den Abteilungsleitern, und dann fragt

er vielleicht Perrella etwas, und Perrella, was macht der? Das Rundfunkvögelchen?!«
»Du lieber Gott!« rief Livarotti aus und schüttelte sich.
»Wir können ihm nicht verbieten zu kommen; sonst spielt der eines schönen Tages den Schlaumeier und beschuldigt uns, ihn diskriminiert zu haben. Da ist nichts zu machen, wir müssen das Risiko eingehen, daß er uns dazwischenfunkt. Passen Sie gefälligst auf, Livarotti: Perrella darf unter keinen Umständen mit Mister Kenneth zusammenkommen!«
»Ich stecke ihn in die letzte Reihe.«
»Machen Sie, was Sie für richtig halten, aber denken Sie daran: Sie sind mir für das Verhalten all Ihrer Leute verantwortlich.«

Der Kick-off oder auch »Tritt in den Hintern« ist eine Generalversammlung, die die IBM ein-, zweimal im Jahr in jedem Verkaufsbezirk organisiert. Ziel der Veranstaltung ist es, alle Mitarbeiter moralisch aufzurüsten, damit sie ihre Produktivität steigern. Das Programm, schon seit Jahren in der Marketingstrategie bewährt, besteht aus drei verschiedenen Phasen: erreichte Resultate, Ehrengäste und Preise für all diejenigen, die sich im Jahr zuvor besonders hervorgetan haben.

Den genauen Anweisungen Livarottis gemäß wurde Luca der strikten Überwachung der Kollegen Granelli und Salvetti anvertraut. Die beiden Aufpasser waren sehr besorgt über die ihnen anvertraute Aufgabe, aber als sie sahen, daß Luca schon bei der ersten offiziellen Rede eindöste (es war die Danksagung an die Wartungstechniker für ihre im vergangenen Jahr geleistete Arbeit), entspannten auch sie sich.

Mister Kenneth war einer der wenigen amerikanischen Manager, wenn nicht sogar der einzige, der ein korrektes Italienisch sprach. Als der Generaldirektor triumphierend seine Anwesenheit verkündete, sprang der alte Kenneth wie ein Jüngling auf und erreichte unter Applaus des Publikums im Laufschritt die Tribüne.

»Danke, Giorgio«, sagte er zum Generaldirektor. Und dann an die Anwesenden gewandt: »Guten Morgen, meine italienischen Freunde *(weiterer Applaus)*. Heute ist der 21. April. Heute vor mehr als 2700 Jahren wurde die Stadt Rom gegründet. Ich will jetzt nicht die IBM mit dem römischen Reich vergleichen, laßt mich jedoch eines sagen: so wie Rom in kurzer Zeit seine Kultur in die ganze Welt getragen hat, so hat die IBM ihre Produkte auf den fünf Kontinenten verbreitet *(Applaus)*. Gestern hat ein italienischer Journalist meinen Assistenten Mister Tennyson gefragt, ob die IBM ITALIA als italienische Firma angesehen werden kann, und Mister Tennyson, der die italienische Sprache versteht, sich aber nicht gut auf italienisch ausdrücken kann, hat geantwortet: yes *(Gelächter)*. Nun gut, diese Antwort hat den italienischen Journalisten sehr überrascht, und deswegen hielt ich es für angebracht, ihm zu erklären, was ein Multi heute in der Welt bedeutet. Wir sind wie ein großer Baum, der viele Zweige hat...«

In diesem Augenblick legte der Redner eine kleine Pause ein, und mitten in die Stille des Saales hinein hörte man:

»Tschiwie tschiwie tschiwie tschiwie tschiwie... tschiwüie tschiwüie... tschiwüiiie.«

Mister Kenneth hielt schlagartig inne und schaute zur Decke, als suche er etwas. Währenddessen ertönte überall im Saal unterdrücktes Gelächter (eine der Sekretärinnen, die Gasparini, bekam fast einen Lachkrampf). Granelli und Salvetti erbleichten und warfen sich fast gleichzeitig auf Luca, um ihn daran zu hindern, noch irgendeinen weiteren Ton von sich zu geben. Livarotti bohrte sich die Fingernägel ins Fleisch. Bergami drehte sich um und fixierte die ganze Gruppe Absatzplanung mit äußerster Strenge. Nach einer Pause, die einigen unendlich lang erschien, nahm Mister Kenneth seine Rede wieder auf:

»*Well*, ich glaube, ich habe einen Vogel singen hören. Als er mich von Bäumen sprechen hörte, hat mich vielleicht irgendein Vogel wörtlich genommen und ist in unseren Saal gekommen. Nun, ich muß ihn enttäuschen und ihm sagen: Flieg weiter, mein liebes Vögelchen, dies ist nicht deine Welt, du bist hier im Tempel der Produktivität, und wir alle hier sind Menschen, die mit beiden Füßen fest auf dem Boden stehen.«

6

Einmal im Monat am Sonntagnachmittag war Empfang im Hause Caràccioli. Die zwei Schwestern hatten ihren Kreis von Adeligen, wirklichen wie angeblichen, und sie gaben viel darauf, den Anteil der Adligen in ihrer Umgebung hoch zu halten. Schlüsselfigur dieses kleinen Versailles war eine gewisse Gräfin Marangoni della Spinola, eine Matrone, die sich schon in der Vergangenheit als militante Monarchistin und Aktivistin der schweigenden Mehrheit hervorgetan hatte. A propos, was das »schweigend« anbelangt, so konnte man alles von der Marangoni behaupten, nur nicht, daß sie imstande war, fünf Minuten still dazusitzen, ohne etwas Entscheidendes zu äußern: Die Gräfin übte im Hause Caràccioli eine despotische Macht aus, sie legte fest, wer einzuladen und wer auf Distanz zu halten sei, sie entschied über falsch und richtig und ließ kein Recht auf Widerspruch zu. Ihre Aufdringlichkeit kannte keine Grenzen, und da sie sich verpflichtet fühlte, zu jedem Thema ihre Meinung abzugeben, war das Leben der zwei Familien Caràccioli schließlich von ihren »Ratschlägen« abhängig. Die Kleidung Lucas, um nur ein Beispiel zu nennen, wurde von der Marangoni della Spinola festgelegt, und die Stoffe waren das Ergebnis einer strengen Auswahl, die die Gräfin und die beiden Schwestern trafen. Wenn es eine Art von Kleidung gab, die Luca haßte, so waren es Glencheck-Anzüge, und mindestens alle drei Jahre trat an seinem Geburtstag seine Frau vor ihn mit einem »wunderschönen« Glencheck-Anzug von Ermenegildo Zegna. Und wenn wir außerdem noch erwähnen: der

Schneider fast achtzigjährig, die Hose mit tiefem Schritt, die Hemden mit Manschettenknöpfen, Regimentskrawatten und weiße Unterhosen, letztere mit Hosenschlitz vorn und eingestickten Initialen, nun, dann kann man sich vorstellen, wie das Endergebnis aussah. *Dulcis in fundo*, ließ sich der Kommentar der drei Frauen in dem Satz zusammenfassen: »Ganz wie ein Engländer.«

Zu den zahlreichen Ritualen, die ihnen die Gräfin auferlegte, zählten die Bridgeturniere. Luca nahm an diesen Turnieren niemals teil und dies nicht, weil er das Bridgespiel nicht leiden konnte, sondern nur, weil die Spiele am Ende immer in Familienstreitereien ausarteten. Das Dumme war, daß die zwei Schwestern trotz des Unterrichts, der ihnen für zehntausend Lire die Stunde vom Meister, dem Baron Candiani erteilt worden war, nicht über die für diese Art Spiel nötigen geistigen Voraussetzungen verfügten, und das einzige System, das sie nach sechs Monaten Kurs gelernt hatten, bestand darin, sich Zeichen zu geben, wenn sie zusammen spielten.

Es war undenkbar, seine Frau etwa davon zu überzeugen, die Gräfin Marangoni aus ihrem Leben auszuschließen, und wäre es auch nur deswegen, weil schließlich die wenigen echten Adligen, die bei ihnen verkehrten, alle teure Freunde von ihr waren. So blieb nichts anderes übrig, als auf eine drastische Lösung durch das Schicksal zu hoffen. Ehrlich gestanden hatte Luca in seiner Fantasie schon öfters Pläne gemacht, wie man die Gräfin physisch ausschalten könnte, und das war für einen Mann, der keiner Fliege etwas zuleide tun konnte, ein wirklich erstaunlicher Gedanke, auch wenn er rein hypothetisch formuliert wurde. Die Idee begann Gestalt anzunehmen, als er erfuhr, daß die Gräfin die Angewohnheit hatte, jeden ihrer Briefe mit dem Satz zu beenden: FÜR MEINEN KÖNIG UND BIS ZUM TOD. Dieser Slogan war nun, pflichtschuldigst mit der krakeligen Unterschrift des Opfers versehen, mehr als ausreichend, um ein perfektes Verbrechen auf die Beine zu stellen. Es hätte genügt, die entsprechende Ecke mit dem patriotischen

Satz aus dem dazugehörigen Brief auszuschneiden, ihn zwischen die Finger der Verstorbenen zu stecken und das Ganze mit einer italienischen Fahne mit dem königlich-savoyischen Wappen darauf zu bedecken. Luca freute sich schon auf die Titel in den Boulevardblättern: »Selbstmord einer Adligen, von der Grausamkeit unserer Tage entmutigt.« Über die Methode, wie sie umzubringen sei, war er sich noch nicht im klaren, da er noch keine Todesart gefunden hatte, deren Brutalität seinem Wunsch nach Rache entsprochen hätte.

Die Ehemänner der Schwestern Caràccioli wurden von der Gräfin und ihren Freunden nur widerwillig zur Kenntnis genommen: Luca, weil er sich immer abseits hielt, und Franco, weil er aussah wie ein Viehhändler. Dabei hatte der arme Del Sorbo alles getan, um sich bei der Marangoni einzuschmeicheln; es war ihm sogar gelungen, vom kräftigen Schlag auf die Schulter, der seinem Wesen eher entsprach, zur Verbeugung und zum Handkuß überzugehen.

Ein ernstes Problem stellte der Erstgeborene der Familie Del Sorbo dar. Der schon erwähnte achtzehnjährige außerparlamentarische Linke. Der hatte bei seiner Geburt als ersten Vornamen Vittorio und als zweiten Emanuele erhalten; trotzdem hegte er für die Monarchistische Partei Italiens ein Gefühl gemischt aus Haß und Verachtung. Seiner Mutter war es eines Tages gelungen, ihn dazu zu bringen, eine monatliche Apanage von zehntausend Lire zu akzeptieren, die er dafür erhielt, daß er sich niemals während der »aristokratischen Empfänge« blicken ließ. Einmal wurden ihm fünftausend abgezogen, weil er eine Gruppe Adliger mit geballter Faust begrüßt hatte. Die Marangoni-Abfindung, wie Vittorio sie nannte, wurde während der Wahlen erhöht. In diesen Tagen wählte die Gräfin nämlich ihr Haus als Operationsbasis für den Wahlkampf und füllte die Taschen aller mit Flugblättern, auf denen stand: »Denk daran, von ferne schaut dein König auf dich.«

Die beiden Schwestern waren nicht adlig, aber nachdem sie die Gräfin immerhin dreimal nach Cascais, zur portugiesischen Exilresidenz Umbertos II., begleitet hatten, war es, als ob sie es wären, und sie hielten sich zumindest Hofdamen für ebenbürtig. Man hatte gründliche Nachforschungen angestellt, um Spuren blauen Blutes unter ihren Vorfahren zu finden. Ein Freund der Marangoni, der geschätzte Professor Anselmi, Spezialist für Heraldik und Adelskodex, hatte entdeckt, daß die Caràccioli einer außerehelichen Verbindung des Reginaldo Caràcciolo entstammten, einem Edelmann des 17. Jahrhunderts und großen Liebhaber. Es scheint, daß der junge Reginaldo, letztgeborener des Stammvaters Giovanni, in der Gegend von Capua eine schöne Frau aus dem Volk kennengelernt hatte, bekannt als »die Schwarze«, und daß aus dieser Verbindung Zwillinge geboren wurden, die wegen ihres Vaters vom Volk sofort in »die Caràccioli« umgetauft wurden.

»Also sind wir Hurensöhne!« rief Vittorio aus und handelte sich damit weitere fünftausend Lire Strafe ein. Ob die Geschichte von Reginaldo nun wahr war oder auch nicht, dieses i anstelle des o saß Maricò wie ein Stachel im Herzen: Es war krankhaft, aber jedesmal, wenn sie sich jemandem vorstellte, wurde ihre Stimme leise, wenn sie beim letzten Buchstaben des Namens ankam. Im Gegensatz zu ihrer Schwester, die immerhin denselben Vornamen wie die Königin von England trug, hatte die arme Maricò auch noch unter ihrem Vornamen zu leiden: Sie hieß nämlich Maria Concetta zu Ehren einer Großmutter mütterlicherseits, die im Armenviertel Neapels, in Forcella geboren war und dort gelebt hatte. Das Zusammenziehen in »Maricò« war ein schmerzlicher Notbehelf und löschte keineswegs dieses Concetta aus, das sie so sehr an Forcella erinnerte. Dem geschätzten Professor Anselmi gelang es nach zermürbenden Nachforschungen in den Privatarchiven der neapolitanischen Aristokratie sogar, das alte Wappen dieser illegitimen Kinder zu rekonstruieren, die erst zu einer späteren Zeit und nur mit Hilfe ihres natürlichen Vaters adlig geworden waren. Dem Gelehrten zufolge bestand das Wappen aus einem zweifarbigen Schild, halb rot, halb schwarz (rot wegen der Caràcciolo und schwarz wegen »der Schwarzen«) mit einer weißen Säule in der Mitte (das Abflußrohr, nach einer Interpretation Lucas). Leider konnte man dem Professor nicht allzusehr trauen: Der Arme befand sich in erbarmungswürdigen finanziellen Verhältnissen und immer, wenn er sich zum Essen einladen lassen wollte, kündigte er telefonisch neue heraldische Funde an.

Eine andere auffallende Persönlichkeit am Hofe der Marangoni war General Castagna, Piemontese, Spielgefährte von König Umberto II. und begeisterter Anhänger der Jagd und der Reiterei.

»Mein lieber Dottor Perrella, in der Jagd erkennen wir die ersten Anzeichen vom Bewußtsein der Männlichkeit im Menschen! Sehen wir doch der Wahrheit ins Gesicht. Die Erde ist, was sie ist: ein kleiner Stein, der in der Unendlichkeit des Universums rotiert. Der Raum, der den Lebewesen zur Verfügung steht, ist begrenzt, und diese Tatsache erfordert eine natürliche Selektion. Bei allen Arten ist es Aufgabe des Männchens, für das Überleben der familiären Gruppe zu sorgen. Wehe uns, wenn der Jagdinstinkt im Mann unterdrückt wird! Er bräche sich mit großer Gefahr für die Gemeinschaft in anderer Form wieder Bahn. Für mich ist die ›Radikale Partei‹ mit ihren Kreuzzügen gegen die Jagd lachhaft! Es ist gerade, als würde man vom Menschen verlangen, er solle nicht mehr essen, nicht mehr trinken, nicht mehr lieben. Hören Sie zu: Als ich mit König Umberto einmal auf der Jagd war... Sie sind doch aus Neapel, nicht wahr?... Dann kennen Sie sicher die »Macchia degli Astroni«. Also, wie ich schon sagte, als ich mit König Umberto einmal auf der Jagd war...«

General Castagna zu meiden, war ein schwieriges Unterfangen: als Theoretiker auf der Militärschule ausgebildet, begann er niemals eine lange Jagdgeschichte, wenn er nicht vorher seinen Gegner in einer Ecke des Hauses festgenagelt hatte. Um zu entkommen, gab es nur einen Trick: ihm ausweichende Fragen zu stellen, der Art etwa:

»Haben Sie schon das letzte Buch von John Smith gelesen: *Die Wildschweinjagd am Hofe von Philipp v.*? Nein? Dann suche ich es Ihnen gleich heraus.«

An jenem Tag wurde außer dem üblichen Empfang am ersten Sonntag des Monats auch noch der Geburtstag des Herzogs von Aosta gefeiert. Zu dieser Gelegenheit waren hochgestellte Persönlichkeiten geladen worden, unter anderem der Graf und die Gräfin Casani della Rocchetta, entfernte Verwandte des Herzogs, und der Bezirksvorsitzende der Monarchistischen Partei Italiens. Man kann sich also unschwer die Ängste der Schwestern Caràccioli vorstellen, nicht zuletzt, weil das Zwitschern Lucas seit einiger Zeit immer häufiger geworden war. Nur selten schaffte es Perrella, einen Abend zu Ende zu bringen, ohne nicht wenigstens einen Triller oder ein Zwitschern produziert zu haben. Nebenbei bemerkt zwitscherte er nicht etwa immer auf die gleiche Weise, sondern er paßte den Klang seinem Gesprächspartner an: wandte er sich zum Beispiel an seine Frau, so verfiel er automatisch in das Krächzen einer Krähe:

»Elisabetta, gibst du mir bitte ... *krah krah krah* ... das Salz rüber.«

Anfangs riefen diese Merkwürdigkeiten bei seiner Frau nur Unduldsamkeit und bei seinem Schwager ironische Kommentare hervor; als jedoch die Nutzlosigkeit aller Appelle an seinen gesunden Menschenverstand deutlich wurde, versuchte man, den Zwitscherer zu isolieren, in der Hoffnung, daß es ihm früher oder später gelingen würde, sich von dieser Manie freizumachen.

»Im Grunde hat jeder von uns so seine Ticks«, sagte die arme Elisabetta. »Du hast zum Beispiel schon immer die Unart gehabt, Brotkügelchen zu rollen.«

»Richtig, aber ich nehme damit nicht die Leute auf den Arm«, erwiderte Franco, der nicht an Lucas Unschuld glaubte.

Als das Zwitschern immer häufiger wurde, wurden nach dem Ausschluß des Anarchisten Vittorio im Hause Caràccioli weitere Maßnahmen erforderlich. Auf Vorschlag der Gräfin Marangoni hatte man im Dienstbotenzimmer einen Fernsehanschluß gelegt, damit sowohl Luca wie auch Vittorio das sonntägliche Fernsehprogramm ansehen konnten, Fußballspiele eingeschlossen.

An jenem Sonntag jedoch hatte Vittorio andere Pläne und beschloß, seinem Onkel dieses Mal nicht Gesellschaft zu leisten.

»Dieses dämliche Programm ertrage ich nicht«, erklärte der junge Mann. »Ich gehe lieber mit Freunden weg. Zu schade, Onkel, daß du nur zwitschern kannst. Wenn du auf das Imitieren von Furzen spezialisiert wärst, würde ich dir glatt fünftausend Lire geben, damit du einen im Wohnzimmer produzierst.« Und damit ging er.

7

Das Dienstbotenzimmer wurde zwar so genannt, aber eigentlich war es nur ein Abstellraum, in dem nebeneinander die Waschmaschine, das Bügelbrett, ein Werktisch und ein Schrank standen. Dieser Schrank war für all die Kleidungsstücke bestimmt, die im Augenblick nicht gebraucht wurden: rechts die von Elisabetta, links die von Maricò. In einer Ecke aufgestapelt lag altes Spielzeug von Chicca, Vittorios Fahrrad und ein Heimtrainer von Franco Del Sorbo, der noch nie benutzt worden war.

Im Hause Caràccioli hatte es niemals einen fest angestellten Dienstboten gegeben, nicht einmal in den goldenen Zeiten des seligen Cavaliere Ottavio. Jetzt hatten sie nur eine Frau, die halbtags ins Haus kam und die Fremden sicher nicht vorgeführt werden konnte; in Ausnahmefällen willigte ein ehemaliger Diener der Marangoni ein, sich für zwanzigtausend Lire am Abend in Livree zu zeigen und im Hause Erfrischungen und Sandwichs zu reichen.

An jenem Sonntagnachmittag war Luca besonders gut gelaunt: erstens entkam er, im Kämmerchen eingeschlossen, den Feierlichkeiten zu Ehren des Herzogs von Aosta, und außerdem hatte er im Dienstbotenzimmer einen alten Sessel aus seiner Junggesellenzeit wieder entdeckt, den die Gräfin Marangoni letztes Jahr als Kitsch bezeichnet und dorthin verbannt hatte. Einen Augenblick lang hatte Luca den Eindruck, auch er sei plötzlich Kitsch geworden, aber diese Idee beunruhigte ihn nicht im geringsten; er stellte den Farbfernseher an und ließ mit Hilfe der Fernbedienung rasch alle Programme einmal an sich vorbeiziehen: der Reihe nach sah er das Sonntagnachmittagsprogramm ›Domenica in‹, Rugby, einen japanischen Zeichentrickfilm, einige Western, noch einen japanischen Zeichentrickfilm, noch mehr Western und noch mehr Zeichentrickfilme. Er stellte von neuem ›Domenica in‹ ein und merkte, daß er Durst hatte. Vielleicht war es klüger, überlegte er, sich gleich eine ganze Flasche Mineralwasser zu besorgen, statt zu riskieren, mitten während des Festes durch die ganze Wohnung gehen zu müssen, um an etwas zu trinken zu kommen. Er ging in die Küche und sah dort zu seiner großen Überraschung den Bridgemeister, den angeblichen Baron Candiani, und seine Frau Elisabetta, eifrigst mit der Vorbereitung der Sangria beschäftigt. Luca wäre niemals auf die Idee gekommen, der Baron könne sich mit irgend etwas anderem als mit dem Bridgespiel befassen; unterteilte der Meister die Menschheit doch in zwei Kategorien: diejenigen, die gut Karten spielten, und die Ignoranten, oder besser ausgedrückt, die unaufmerksamen und schwachen Spieler (wobei diese zweite Kategorie eigentlich keinerlei Daseinsberechtigung besaß). In den Augen des Barons stellte es einen Akt unerträglicher Ungezogenheit dar, nicht in jedem Moment des Spiels zu wissen, wieviele *atouts* schon auf dem Tisch lagen. Ihn nun mit seiner Frau, einer fürwahr außergewöhnlichen Stümperin in Sachen Bridgespiel, in freundschaftlichem Beieinander zu sehen, mußte unseren Luca wahrhaftig in Erstaunen versetzen. Wahrscheinlich war der Meister seiner ehemaligen Schutzbefohlenen Elisabetta gegenüber besonders duldsam, oder sollte gar, eine wahrlich gewagte Hypothese, der gestrenge Lehrer seiner Schülerin den Hof machen? Luca hielt sich nicht weiter bei diesem Gedanken auf, sondern nahm sein Mineralwasser und grüßte mit einem Kopfnicken, wie um zu sagen: »Laßt's euch gutgehen«. Dann kehrte er in sein Dienstbotenzimmer zurück. Und hier nahm er ungeachtet des Showmasters Pippo Baudo seine Fantasien über das vermutete Techtelmechtel zwischen seiner Frau Elisabetta und dem Baron wieder auf. Das erste, was ihm auffiel, war seine völlige Gleichgültigkeit der ganzen Angelegenheit gegenüber; er fragte sich, ob er wohl jemals in seine Frau verliebt gewesen sei, oder ob er doch zumindest noch irgend etwas für sie empfinde. Als er sie kennengelernt hatte, war Elisabetta ein Mensch mit einem großen Bedürfnis nach Zuneigung gewesen, eine Frau, die sehr alleine gewesen war; und da er sich in einer ganz ähnlichen Situation befunden hatte, war ihm die Ehe als ideale Lösung erschienen. Nicht daß Elisabetta sich seither verändert hätte, aber es ließ sich nicht leugnen, daß unzählige Unterschiede zwischen den beiden aufgetaucht waren: Unterschiede, die Geschmack, Interessen, Mentalität und vieles andere betrafen. Seinerzeit hatte er den Versuch unternommen, darüber zu sprechen, jetzt nicht mehr. Im Laufe der Jahre hatten ihre Wege immer weiter auseinandergeführt. Jedenfalls empfand Luca seiner Frau gegenüber keinen Groll; im Gegenteil, er fühlte eine merkwürdige Art von Solidarität, irgend etwas, das zwischen Zuneigung und Mitleid angesiedelt war. Er gestand sich auch offen seinen eigenen Teil der Verantwortung ein: um ihr zu gefallen, hatte er am Anfang brav die Rolle des erfolgreichen Akademikers in der Mailänder Industrie gespielt, und da saß er nun, er nahm es hin, in der Wohnung von Fremden zu leben und sich neben einer Frau ins Bett zu legen, die Wert darauf legte, ihm jeden Abend vor dem Einschlafen alles zu erzählen, was die Gräfin Marangoni gesagt hatte.

Aber auch Elisabetta mußte sich unglücklich fühlen. Die Wohnung, der Adel, ihr politisches Engagement, alles Trostpflaster, die ihr wirkliches Problem verstecken sollten: ihr Bedürfnis nach Liebe. Jetzt vielleicht... mit dem Baron? Luca wünschte ihr von ganzem Herzen Glück (seiner Frau, versteht sich, nicht dem Baron, der ihm herzlich unsympathisch war). Oh, Mailand, Mailand! Stadt der Liebenden in Erwartung der Liebe: Lahme, die sich auf andere Lahme stützen und die, nachdem sie ein Stück gemeinsam gegangen sind, feststellen, daß sie nicht das gleiche Ziel haben.

Luca suchte noch einmal auf allen zwölf Kanälen seines Fernsehgeräts, in der Hoffnung, einen alten Film von Totò oder Peppino zu finden: Aber von neuem war er gezwungen, sich in das übliche ›Domenica in‹ zu flüchten. Pippo Baudo hatte sich mit seinem Kollegen draußen vor Ort in Verbindung gesetzt.

»Awana Gana, hörst du mich?«

»Ja, Pippo, ich bin hier auf dem Marktplatz von Pignataro Maggiore, was gibt's?«

»Wer sind die Herren neben dir?«

Nichts zu machen: Er schaffte es nicht, sich zu konzentrieren! Wörter, Lieder, Türen, die sich schlossen, Hupen von der Straße, in seinem Kopf mischte sich das alles zu einem großen Durcheinander und ergab Krach.

Er war etwas schläfrig, vielleicht hätte er sich besser einen Kaffee geholt, aber er hatte einfach keine Lust, noch einmal in die Küche zurückzugehen.

»...nach Ende der ersten 45 Minuten Spielzeit liegen nur Inter, Torino und Fiorentina auf eigenem Platz in Führung; und hier alle Halbzeitergebnisse: Napoli gegen Roma 0:0, Fiorentina–Udinese 1:0, Bologna–Catanzaro 0:0.«

Er war kurz davor einzunicken, als zwei Männer im Overall in sein Zimmer traten.

»Entschuldigen Sie, aber wir bringen die Blumen«, sagten sie, »gleich kommt die Prozession vorbei.«

»Welche Prozession?«

»Die Prozession zu Ehren von San Giorgio.«

Die beiden Männer schoben den Tisch von der Mitte des Zimmers an die Wand, stellten das Bügelbrett und den Fernseher zur Seite und öffneten dann am Ende des Zimmers eine Tür, die Luca noch nie bemerkt hatte. Jenseits der Tür lag eine Dorfgasse, die bergauf führte und ganz mit Blumen bedeckt war. Es war ein aus lauter Blütenblättern geschaffener fortlaufender Teppich: vier Streifen, abwechselnd rot und gelb und in der Mitte ein breites Band aus Rosenblättern. Luca begann die Straße hinaufzulaufen und versuchte, sich einen Weg durch die Menge zu bahnen, die sich auf den Bürgersteigen drängte. Er gelangte auf einen großen Platz, wo gerade Markt abgehalten wurde: Es war die Piazza San Giorgio in Cremano.

»Fünf Lire, fünf Lire, für nur fünf Lire tragt ihr den schönsten Schirm eures Lebens nach Hause! Pariser Mode für nur fünf Lire!«

»Bonbons, Schweizer Bonbons! Macht euren Kindern die Freude!«

Die unförmige Bonbon-Masse rutschte langsam nach unten, aber jedesmal gelang es dem Verkäufer, sie noch im letzten Moment aufzufangen und sie auf ein verchromtes Stäbchen aufzuwickeln.

Tak tak tak – mit größter Genauigkeit wurden die Bonbons von einer langen bunten Teigschlange abgeschnitten.

»Bonbons, Schweizer Bonbons!«

Und unerbittlich begann der süße Teig von neuem seinen Versuch abwärts zu fließen, und von neuem gelang es dem Bonbonverkäufer rechtzeitig, ihn mit dem Stäbchen aufzufangen.

»Da kommt San Giorgio!«

Alle drängten sich zur Hauptstraße. Man hörte, wie die Musik langsam näherkam. Acht Männer in weißen Meßhemden trugen den Heiligen auf einem schwankenden Baldachin. Pausenlos warfen die Menschen Blumen von den Balkons. Hinter dem Heiligen folgten der Kardinal ganz in rosa mit einem Kruzifix in den Händen und einige schwarz gekleidete Priester, und dann eine Art Stange, geschmückt mit vielen lang herabhängenden Seidenbändern: Das Ende eines jeden Bandes wurde von einem weiß und rot gekleideten Meßdiener gehalten. Einer der Meßdiener aß mit der anderen Hand ein Eis. Und dann die Kapelle: *pam pam-pam – pam pam–pam*, die Blechinstrumente bewegten sich im Takt, von rechts nach links und von links nach rechts. Lucas Mutter hatte die Hände voller Pakete, lauter Sachen, die sie auf dem Markt eingekauft hatte, und Luca stand neben ihr und hielt sich an ihrem Rockzipfel fest.

»Luca, laß mich nicht los, verstanden? Bleib immer dicht bei mir!« sagte die Mutter, aber Luca konnte sie nicht hören, weil gerade in dem Moment die Trommeln vorbeimarschierten. *Tum-tum tum-tum.* Er fühlte, wie er von den anderen Kindern, die neben der Kapelle herliefen, mitgerissen wurde. *Tum tum-tum tum tum-tum.* Als er merkte, daß er seine Mutter verloren hatte, ging er sofort auf dem gleichen Weg zurück. Aber umsonst: Seine Mutter war nicht mehr da. Eine Weile blieb er erschrocken stehen, mitten auf der Straße, dort, wo die Rosenblätter lagen. Von Zeit zu Zeit schob ihn ein Teilnehmer der Prozession ein Stück hinüber zum Bürgersteig.

»Mamma, Mamma«, schrie Luca und lief zurück zum Marktplatz.

Er rannte zum Schirmverkäufer und dann zum Bonbonverkäufer. Nichts, Mamma war verschwunden.

»Mamma, Mamma«, begann er zu weinen.

»Wie heißt du?« fragte ihn eine Stimme.

»Luca«, antwortete er, ohne den Kopf zu heben und schluchzte weiter.

»Wie alt bist du, Luca?«

»Fünf.«

Er schaute auf und sah einen alten Mann mit einem langem weißen Bart und vielen Haaren, die ihm bis auf die Schulter reichten. Er ähnelte ein wenig der Figur des heiligen Joseph in seiner Weihnachtskrippe; und da er außerdem im Gegenlicht stand, lag um seinen Kopf eine Art silberner Heiligenschein.

»Stimmt es, Luca, daß du deine Mamma verloren hast?«

»Ja.«

»Dann hör jetzt auf zu weinen, ich sorge dafür, daß wir sie wiederfinden. Weißt du, wer ich bin? Ich bin der Herr der

Vögel. Komm mit mir, dann zeige ich dir, wieviele Vögel ich besitze.«

Der Alte nahm den kleinen Luca bei der Hand und brachte ihn an seinen Verkaufsstand, wo tatsächlich Dutzende von Käfigen mit unzähligen Vögeln standen: Kanarienvögel, kleine Papageien in allen möglichen Farben und sogar zwei Singdrosseln mit gelbem Schnabel.

»Komm mit mir, Luca, aber zuerst mußt du dir die Tränen abtrocknen, denn sonst werden die Vögel traurig und singen nicht mehr. So ist's gut. Und nun schauen wir, daß wir Lucas Mamma wiederfinden. Willst du mir sagen, wie deine Mamma aussieht? Ist sie schön?«

»Ja.«

»Na, dann finden wir sie sofort.«

Der Herr der Vögel hob einen Zipfel der Plane an, die seinen Stand bedeckte, und zog eine Geige darunter hervor.

»Weißt du, was das ist, Luca? Das ist eine Geige. Mit dieser Geige kann ich mit den Vögeln sprechen. Jawohl, ich spiele jetzt auf dieser Geige und sage ihnen: Vögelchen, meine Vögelchen, Luca hat seine Mamma verloren. Wir müssen Lucas Mamma wiederfinden. Und dann werden sie alle zusammen anfangen zu singen, damit auch die anderen Vögel, die am Himmel fliegen, sie hören, und dann werden alle Vögel der Welt Lucas Mamma suchen.«

Der Alte setzte sich das Instrument an die Schulter, rieb sein Gesicht kurz am Geigenrand, und dann begann er zu spielen. Um ihn herum wurde es sogleich still: Auch die Kanarienvögel, die bis dahin pausenlos getrillert hatten, verstummten. Der Alte spielte eine honigsüße Melodie, und kaum war die Musik zu Ende, begannen alle Vögel wieder zu singen. Luca blickte nach oben, zu den Bäumen, und es schien ihm, als höre er dort Tausende und Abertausende von Vögeln im Chor singen.

»Luca, Luca, wo hast du denn gesteckt?«

Es war seine Mamma.

8

Es war ungewöhnlich, daß ihn Ingegner Salvetti an diesem Morgen zum Tischgenossen wählte: Salvetti war im allgemeinen nicht der Typ, der sich mit einem unterhalb der Stufe 60 zum Mittagessen setzte. Groß und bebrillt, das Tablett in den Händen, genügte es, ihn anzusehen, um zu verstehen, daß er die Wahl seiner Tischgenossen niemals dem Zufall überlassen würde: Während er aus dem Augenwinkel die Gerichte betrachtete, die zur Auswahl standen, stellte er komplizierte Berechnungen an, wohin sich wohl die *bigs* setzen würden, die vor ihm in der Reihe standen. Auf das Obst zu verzichten oder umgekehrt noch zu verweilen, um auf ein Steak zu warten, konnte einen sicheren Platz neben Dottor Goretti, dem obersten Chef des Stabs bedeuten, wenn nicht sogar ein Tête-à-tête mit dem Geschäftsführer. Die Kantine ist ein strategisches Gebiet, das von keinem aufstrebenden Angestellten außer acht gelassen werden darf. Auch zu diesem Punkt fühlte sich der gute Granelli verpflichtet, Luca aufzuklären.

»Abgesehen davon«, so hatte Granelli erklärt, »daß du in der Kantine Freundschaft mit den hübschesten Sekretärinnen schließen kannst, ohne Anlaß für Klatsch zu geben, bietet ein neutraler Ort wie die Kantine die Möglichkeit zu einer gefahrlosen Politik der Offenen Tür. Lieber Perrella, du weißt genau, daß es in der IBM eine Politik der *Open Door* nicht gibt. Du kannst unmöglich ernsthaft daran denken, dich beim Chef deines Chefs zu beschweren, gegen die Solidarität zwischen den beiden anzukommen. Komm, seien wir ehrlich! Logisch, die

Tür ist nicht verriegelt, aber ebenso logisch ist es, daß du den Chef deines Chefs mit einer offiziellen Beschwerde in eine Situation bringst, in der er dir nicht mehr helfen kann. Statt dessen gibt es eine Politik der Offenen Kantine: zwischen einem Fruchtjoghurt und dem Kommentar zum letzten Fußballspiel kannst du jedes beliebige Problem ansprechen, ohne verlangen zu müssen, daß die Direktion öffentlich zugibt, einen Fehler gemacht zu haben. Und das ist noch nicht alles: Die Kantine ist die einzige Form der Bezahlung, die nicht im Laufe der Zeit weniger wird. Während dein Gehalt trotz der Erhöhungen Jahr für Jahr an Wert verliert und du dir heute nicht mehr das kaufen kannst, was du dir im Jahr zuvor noch leisten konntest, bleibt die Kantine unverändert. Sie können dir zum Beispiel nicht ein Viertel deiner Pommes frites wegnehmen, nur weil die Inflation um 25 % gestiegen ist!«

Luca gestand sich ein, daß er die Kantine noch nie als Ort für die Pflege innerbetrieblicher Beziehungen genutzt hatte. Einmal vielleicht, als er bei Signorina Callegari schüchterne Annäherungsversuche gemacht hatte.

In jeder Firma gibt es eine Büroschönheit per definitionem: Die offizielle Venus bei der IBM war die Callegari. Zu Zeiten des Minirocks wurden sogar Frontalzusammenstöße beobachtet zwischen Angestellten, die von den Beinen der Callegari abgelenkt waren. Jeder Vorwand war recht, um mal eben bei der Geschäftsleitung reinzuschauen und dort den Blick in das tiefe Dekolleté des blonden Traums zu versenken. Einmal gab es ihretwegen sogar ein Rundschreiben, das allen Sekretärinnen das Tragen von Miniröcken und tiefen Dekolletés während er Arbeitszeit verbot: Am Tag danach erschien die Callegari in einem eng anliegenden Pullover ohne Büstenhalter und brachte damit den verantwortlichen Direktor der Verwaltung in schreckliche Verlegenheit.

Wie es ihm in den Sinn gekommen war, bei der Callegari einen Annäherungsversuch zu machen, konnte er sich noch immer nicht erklären. Sicher, Luca war damals noch Junggeselle gewesen, trotzdem war sie die letzte Frau, mit der er hätte auskommen können: Ihm gefielen Stille, Natur und Poesie, ihr dagegen Nachtlokale, Rockmusik und schwere Maschinen. Eines Abends gingen sie zusammen essen. Abgesehen von der Zusammenstellung des Menüs, war es ihm für den ganzen restlichen Abend nicht möglich, auch nur ein einziges Thema von gemeinsamem Interesse zu finden. Vom kulturellen Standpunkt aus betrachtet, war die Callegari ein Abgrund an Unwissenheit (für sie waren Sodom und Gomorrha ein Liebespaar und Scylla und Charybdis zwei Lesbierinnen). Am Ende unterhielten sie sich über die IBM, wie es unter Kollegen üblich ist, und nach dem Essen begleitete er sie nach Hause, ohne auch nur zu versuchen, ihr *Avancen* zu machen, wie er es sich eigentlich vorgenommen hatte.

Luca setzte sich normalerweise an einen der hinteren Tische, um nicht im Zentrum der Blicke und der geistreichen Bemerkungen der Kollegen zu stehen. Während er mit seinem Tablett vorbeiging, hatte er einmal deutlich einen Koordinator des Stabs flüstern hören: »Perrella holt sich sein Futter.«

Trotzdem war es Ingegner Salvetti gelungen, ihn dort hinten aufzustöbern, und er hatte sich neben ihn gesetzt.

»Wie geht's, Perrella?«

»Danke, gut.«

»Mir nicht, ich habe Schwierigkeiten mit den Terminen.«

»Wirklich?«

»Na, versteh doch: Ich habe nicht einen lumpigen Mitarbeiter und muß alles alleine machen. Die Filialen kümmern sich einen Dreck darum, mir die Voraussagen für dreißig Tage rechtzeitig zu geben, und so kommen meine allgemeinen Vorhersagen immer erst heraus, wenn sie von den Abschlußbilanzen schon längst überholt sind.«

»Und warum verlangst du nicht Unterstützung?«

»Ich verlange sie ja pausenlos, aber ich kriege immer nur zu hören: Haben Sie Geduld ... bald ... sobald wir Personal zur

Verfügung haben. Und dann erfahre ich, daß sie in der Gruppe ›Öffentlichkeitsarbeit IRI‹, die die Zusammenarbeit mit der Staatsholding koordinieren soll, zu acht sind, und daß die von morgens bis abends nur Däumchen drehen!«

»Ja, ja, ich weiß.«

»Aber sag mal, wie geht's dir denn?«

»Danke, ein bißchen besser.«

»Paß auf, Perrella: Ich kenne diesen Betrieb besser als du. Darf ich dir einen Rat geben, nur zu deinem Besten? Normalisiere deine Position.«

»Was soll das heißen: normalisieren?«

»Du mußt unbedingt zur Norm zurück.«

»Das heißt?«

»Du weißt schon, Perrella, du hast diese Unart zu zwitschern...«

»Ja, aber es kommt selten vor.«

»Einverstanden, aber selbst wenn es dir nur ein einziges Mal im Monat passiert, ändert das nichts am Problem. Die Norm sieht nicht vor, daß ein Angestellter während der Arbeitszeit zwitschert. Keiner würde etwas dabei finden, wenn du es in der Kantine tätest. Aber nicht im Büro, das können sie nicht akzeptieren.«

»Also?«

»Also mußt du zurück zur Norm, und dann können sie dich alle mal. Es reicht, wenn du erklärst: ›Ich zwitschere, weil ich einen Nervenzusammenbruch gehabt habe.‹ Ein Nervenzusammenbruch ist ein regel-gemäßer Vorfall, so daß du dich von dem Augenblick an automatisch auf der Seite des Rechts befindest. Praktisch bist du dann nicht mehr einer, der zwitschert, sondern einer, der wegen der Firma einen Nervenzusammenbruch hatte.«

»Und was passiert dann?«

»Dann geben sie dir wenigstens drei Monate Erholung. Drei Monate, die du verbringen kannst, wie es dir Spaß macht: am Meer, in den Bergen, im Ausland. Wer soll dir da reinreden?

Von Nervenzusammenbrüchen versteht sowieso keiner die Bohne.«

»Und wenn ich bei der Rückkehr immer noch zwitschere?«

»Vor allen Dingen ist es ja nicht gesagt, daß dieser Tick nicht genau so wieder verschwindet, wie er gekommen ist, wenn du mal Ablenkung bekommst. Und außerdem, was stört's dich? Das heißt nur, daß du eine Zeitlang arbeitest und dann wieder krankgeschrieben wirst. Dir zu kündigen fällt denen nicht im Traume ein: Sie hätten ein zu schlechtes Gewissen; die würden immer denken, daß sie schuld an deinem Nervenzusammenbruch gewesen sind.«

Sie wurden von Granelli unterbrochen.

»Hallo Jungs, was treibt ihr Schönes? Gehen wir zusammen einen Kaffee trinken?«

Perrella und Salvetti standen gleichzeitig auf und beendeten den Kantinenritus, indem sie das Tablett auf das Förderband stellten. Der Kaffee nach dem Essen war immer auch ein Vorwand, um frische Luft zu schnappen; nur die hohen Chefs und die ganz Fanatischen benutzten die automatischen Kaffeemaschinen in den Fluren, um nur ja keine Zeit zu verlieren.

Salvetti war einer von ihnen. Mit der Entschuldigung, irgendeinen wer weiß wie wichtigen Bericht fertigstellen zu müssen, grüßte er und ging.

»Perrella, Vorsicht vor Salvetti!«

»Warum?«

»Weil er eine Schlange ist.«

»Aber nein, im Gegenteil, ich fand ihn sehr freundlich.«

»Der und freundlich! Er wird dir geraten haben, einen Nervenzusammenbruch vorzuschützen und dich krank zu melden, stimmt's?«

»Ja, hat er dir das auch gesagt?«

»Nein, aber das ist nur logisch. Also, paß auf: Salvetti ist ein besonders gefährliches Exemplar von Büromensch; er ist ein Chef ohne Mitarbeiter. Er hat den Grad eines Chefkoordinators, aber aus Personalmangel wurden ihm keine Leute unterstellt.«

»Und was hat das mit mir zu tun?«

»Eine ganze Menge. Seine Lage ist dramatisch: Er hat den Rang und die Funktion bekommen, aber er kann sie nicht ausüben; gerade als würdest du einem Polizisten sagen, er solle den Verkehr regeln, aber statt ihn an eine Kreuzung zu stellen, stellst du ihn mitten in eine Einbahnstraße. Er kann den Autofahrern nur winken weiterzufahren: Nach kurzer Zeit fängt er an durchzudrehen und dann bekommt er den Salvetti-Komplex.«

»Und was will Salvetti?«

»Er will deinen Posten, er ist versessen darauf, befehlen zu können, das ist alles. Sicher hat er schon mit Livarotti darüber gesprochen. Er wird ihm gesagt haben: ›Ich überrede Perrella dazu, sich krank zu melden, und Sie schlagen mich als seinen Vertreter vor.‹ Livarotti wiederum kann sich nichts Besseres wünschen, um dich loszuwerden. Wenn du einmal wegen Krankheit draußen bist, muß die IBM dich ersetzen, und Salvetti oder irgendein anderer übernimmt deinen Posten, und es ist klar, daß du bei deiner Rückkehr nicht mehr bei Livarotti landest.«

»Ist mein Zwitschern wirklich so schlimm?«

»Ja, mein lieber Perrella, es ist schlimm. Du weißt, daß ich dich mag, aber du mußt begreifen, daß du mit deiner komischen Pfeiferei nicht nur die Produktivität der Firma bedrohst, sondern zudem auch noch die Firma als eine sakrale Institution. Vielleicht setzt du damit sogar ihr Überleben aufs Spiel!«

»Na komm, jetzt übertreib nicht!«

»Begreif doch: Der Mensch kann nicht leben, ohne an etwas zu glauben. Früher gab es Dinge in Hülle und Fülle, an die man glauben konnte: Gott, die Heimat, die Familie, die Tugendhaftigkeit der Ehefrau, die Ehre und was es da sonst noch Schönes gibt. Heute sieht es schlimm aus mit den Idealen, und jeder arrangiert sich, so gut er kann. Für manche sind die Konsumgüter Ideale geworden: der Mercedes, das Häuschen am Meer, das Boot, für den nächsten identifiziert sich Gott mit der Firma, wo er jeden Tag arbeitet. IBM und GOD, jeweils drei Buchstaben, Mensch, das ist kein Zufall. Wenn du jetzt herumzwitscherst, benimmst du dich wie ein Ketzer und beleidigst das religiöse Empfinden dieser Leute.«

»Aber es ist doch ganz und gar unbedeutend«, antwortete Luca. »Es ist ein Tick wie jeder andere.«

»Ich weiß, aber es ist auch ein Zeichen von Fröhlichkeit, und als solches kann es in diesem Tempel der Arbeit nicht toleriert werden. Hast du dich nie gefragt, warum die Gebäude der IBM im allgemeinen grau und trostlos sind? Weil Freude als betriebliche Sünde angesehen wird, deshalb!«

»Ich verstehe, also muß man sich besorgt zeigen...«

»...und zwar permanent, aber das ist noch nicht einmal dein größtes Vergehen. Das eigentliche Problem ist, daß du durch dein Zwitschern anders bist.«

»Wie anders?«

»Das Wie ist nicht wichtig. Das Anders-Sein an sich ist schon ein Vergehen, da braucht man nicht ins Detail zu gehen. Schau, Perrella, hier bei der IBM gibt es niemals etwas, das hervorsticht: es ist immer alles strikt ›Durchschnitt‹. Die Amerikaner nennen diese Eigenschaft *medium tendency*. Wer das Problem hat zu befehlen, den stört sowohl der zu Dumme als auch der zu Intelligente. Stell dir vor, an einem Fließband steht ein Arbeiter, der 140 Bolzen die Stunde statt hundert einschraubt, was glaubst du, was passiert? Dieser Arbeiter bringt in ein paar Stunden das ganze Fließband durcheinander. Also muß die Regel lauten: ›Alle schön in die Reihe und alle hübsch durchschnittlich.‹ Deshalb sind die IBM-Leute alle gleich, sie gleichen sich so sehr, daß man den einen nicht vom andern unterscheiden kann, sie sind gleich angezogen, haben eine Frau und zwei Kinder pro Kopf, tun alle dasselbe und gehen in die gleiche Kantine essen, gleiche Ernährung, gleiche Ziele. Der Betrieb könnte sie von Rom nach Mailand versetzen und von

Mailand nach Neapel, ohne die Familien umziehen zu lassen; jawohl, die IBM-Leute könnten die Familien wie die Arbeitsplätze austauschen und die Kinder würden es nicht einmal merken. Und du, was machst du in diesem homogenen Einheitsbrei? Du springst auf und fängst an zu zwitschern?!«

9

Lucas Blick wanderte zu den Geranien, die das Terrassengeländer der Wohnung der Caràccioli schmückten. Kleine rote Flecken vor dem grauen Hintergrund der Häuser der Via Pagano. Eine Wespe summte zwischen den Blüten. Wie immer nach dem Essen war er müde geworden. Ein Neapolitaner, der in den Norden ausgewandert ist, kann vielleicht seinen Akzent verlieren, auch die Angewohnheit, Spaghetti zu essen, aber nicht das Laster der *controra*, dieser halben Stunde benommenen Vor-sich-hin-Dösens in der frühnachmittäglichen Wärme. Mit halbgeschlossenen Augen schaute er durch die Wimpern hindurch auf die Geranien, und die Welt um ihn herum nahm die ineinander verfließenden Konturen eines impressionistischen Gemäldes an.

Die Terrasse, die Sonne, die Wespe, die Geranien, genug Dinge, um sich vorstellen zu können, noch in Neapel zu sein. Luca dachte an seine Wohnung unter dem Dach an der San Francesco-Treppe, und dieses Mal schloß er die Augen absichtlich ganz, um sich den klebrigen Asphalt, die Keramikfliesen des Geländers, den vom Großvater weiß angestrichenen Taubenschlag und die sich im Wind buckelnden Bettücher besser in Erinnerung rufen zu können. Auf dieser Terrasse hatte er gelernt, gespielt, sich gesonnt und die Sterne betrachtet. Er war noch zur Universität gegangen, als es ihm gelungen war, sich nach den Anweisungen einer Fachzeitschrift ein astronomisches Fernglas zu bauen: Es war eine Art Bazooka entstanden, mit der er nächtelang die Wege des Himmels erforscht hatte. Oh Gott, wie aufregend war es gewesen, zum ersten Mal den Saturn zu sehen! Genau wie in den Schulbüchern: klar und ruhig mit seinen leicht nach links geneigten Ringen. Und wie unglaublich schön waren die Sterne: manchmal schickten sie blaue Blitze aus, manchmal gelbe oder rote. Einer, der sich auskannte, erklärte ihm eines Tages, daß diese Lichteffekte auf die Unvollkommenheit der Linsen, die er gekauft hatte, zurückzuführen seien. Aber das störte ihn nicht im geringsten, im Gegenteil, er war glücklich darüber, daß sein Fernglas ihm ein Universum zeigte, das das wirkliche an Schönheit noch übertraf. Es ist nicht gesagt, daß Schönheit und Wahrheit immer übereinstimmen müssen.

Als er aufwachte, hüpfte ein kleiner Spatz zwischen seinen Füßen herum. Um ihn nicht zu erschrecken, versuchte er, sich nicht zu bewegen und den Atem anzuhalten. Der Spatz hüpfte weiter umher und pickte nach unsichtbaren Bröckchen. Nach jedem dritten Hüpfer pickte er: Wahrscheinlich hatte er ein paar Krümel von Chiccas Vesper gefunden; dann ein Atemzug, tiefer als die anderen, und der Spatz verschwand unter heftigem Flügelschlagen. Luca stand auf und näherte sich in kleinen Sätzen dem Geländer.

»Zio Luca, was machst du?« fragte Chicca ihren Onkel. »Spielst du Kästchenhüpfen?«

Chicca saß mit einem Malbuch und Filzstiften in der Hand auf einer Stufe an der Eingangstür.

»Spielst du Kästchenhüpfen?« wiederholte Chicca. »Warum machst du dir denn keine Striche auf dem Boden?«

»Nein, nein, ich spiele nicht.«

»Also ist es wahr, daß du ein Vogel geworden bist?«

»Wer hat dir das gesagt?«

»Vittorio hat es mir gesagt. Er hat mir gesagt: bald wird Zio Luca wie ein Vogel davonfliegen, und von da an wird er nur noch über die Terrasse ins Haus kommen.«

»Und du hast ihm geglaubt?«

»Ich schon, aber dann habe ich Mamma gefragt, und die hat mich angeschrien: sie hat gesagt, daß ich nicht solche Geschichten herumerzählen soll.«

»Und du hast sie niemandem erzählt?«

»Doch, Maurizio in der Schule. Aber der will jetzt wissen, was für ein Vogel du bist?«

Luca antwortete nicht und setzte sich zu Chicca auf die Treppe.

»Was für ein Vogel bist du, Onkel Luca?«

»Das weiß ich noch nicht, vielleicht ein Stieglitz, ein *Cardellino*.«

Chicca sah ihn sehr ernst an.

»Darf ich dich dann Zio Cardellino nennen?«

»Ja.«

»Hallo, Zio Cardellino«, rief Chicca überglücklich.

»Hallo Chicca, *tirili tirili tiriliii*...«, antwortete Luca, und er umarmte sie und drückte sie fest an sich.

»Kennst du andere Vögel, Zio Cardellino?«

»Viele.«

»Und was erzählen sie dir? Kannst du sie verstehen?«

»Sie erzählen mir ihre Geschichten.«

»Erzählst du mir eine davon?«

»Ich erzähle dir die von Rotflöckchen.«

»Wer ist Rotflöckchen?«

»Er ist ein Specht und wohnt auf der großen Eiche im Park; er ist sehr alt und kann schon fast nicht mehr fliegen.«

»Warum heißt er Rotflöckchen?«

»Als er noch jung war, hatte er einen roten Kopf, gerade als trage er eine Kapuze.«

»Hat er jetzt keine Kapuze mehr?«

»Doch, nur ist sie jetzt nicht mehr rot, sondern fast braun.«

»Und was hat Rotflöckchen dir erzählt?«

»Als er noch jung und schön war, so hat er mir erzählt, verliebte er sich in eine wunderschöne Schnepfe, ganz weiß und braun gestreift und mit einem langen eleganten Schnabel.«

»Wie hieß die Schnepfe?«

»Sie hieß Silberstern, weil sie mitten auf der Stirn einen weißen Fleck hatte, der wie ein Stern aussah.«

»Onkelchen, bitte, erzählst du mir die Geschichte von Silberstern?«

»Rotflöckchen und Silberstern trafen sich eines Tages im Frühling auf einem Kirschbaum. Nun mußt du wissen, daß die Schnepfenmännchen, wenn sie den Weibchen den Hof machen wollen, heftig mit dem Schwanz schlagen, so als würden sie trommeln. Als nun Silberstern Rotflöckchen hörte, der wie alle Spechte klopfte, um die Baumrinde aufzupicken, glaubte sie, er spräche von Liebe, und sie verliebte sich unsterblich in ihn.«

»Und Rotflöckchen?«

»Auch Rotflöckchen hatte sich bis über beide Ohren in Silberstern verliebt. Aber eines bösen Tages überraschten die Eltern der Schnepfe sie zusammen in einem Nest und wurden schrecklich böse.«

»Warum?«

»Weil sie nicht wollten, daß ihre Tochter einen Vogel anderer Rasse heiratete. ›Das ist kein Vogel, das ist ein Affe‹, sagte die Schnepfenmutter. ›Ich sehe ihn nie fliegen: der sitzt immer nur oben auf den Bäumen!‹ Der Schnepfenpapa dagegen war toleranter: ›Keine Sorge‹, bemerkte er. ›Es ist bald September, wir Zugvögel ziehen dann nach Ägypten, und diese Geschichte hört von selbst auf.‹«

»Was sind ›Zugvögel‹?«

»Das sind Vögel, die in ferne Länder ziehen. Du mußt wissen, mein Chicca-Mädchen, daß es Vögel gibt, die im Winter tausend und abertausend Kilometer fliegen, bis sie in Länder kommen, wo es wärmer ist, und andere Vögel, die immer am gleichen Ort bleiben.«

»Wie unser Hausmeister, der in den Ferien nie wegfährt?«

»Genau so.«

»Und was ist Rotflöckchen für ein Vogel?«

»Er gehört zu denen, die nicht wegfliegen.«
»Warum?«
»Weil er es nicht schafft, über das Meer zu fliegen, das zwischen hier und Ägypten liegt.«
»Und was ist dann passiert?«
»Silberstern ist mit ihrer Familie fortgeflogen, und Rotflöckchen blieb und wartete auf sie.«
»Wie lange?«
»Den ganzen Winter lang. Und weil Sternchen erzählt hatte, daß die Schnepfen sich normalerweise auf einer Insel ausruhen, sobald Italien in Sicht kommt, dachte er dann, es wäre schön, ihr entgegenzufliegen, und in kleinen Etappen schaffte er es, bis nach Ischia zu kommen, genau bis zu dem Strand, auf dem sie sich, wie Sternchen erzählt hatte, ausruhen würden.«
»Und wo liegt Ischia?«
»Ischia ist eine kleine Insel in der Nähe von Neapel. Der Strand, wo die Zugvögel ausruhen, heißt ›La spiaggia dei Maronti‹. Zu Tausenden kommen die Zugvögel in Schwärmen vom Meer her; vollkommen erschöpft – schließlich haben sie das ganze Mittelmeer überquert – lassen sie sich halb tot auf das erste Fleckchen Erde fallen, das sie finden können. Rotflöckchen wartete drei Tage lang, bis er eines Morgens entdeckte, daß es am Strand von bewaffneten Menschen wimmelte: es waren Jäger, die von der Ankunft der Schnepfen wußten und dort warteten, um sie zu töten.«
»Waren das böse Menschen?«
»Es waren Jäger. Rotflöckchen hatte keine Zeit, sich von seinem Schrecken zu erholen, denn schon sah er am Himmel eine schwarze Wolke auftauchen: der Schnepfenschwarm! Himmel, dachte er, nun werden sie mein Sternchen umbringen! Er flog auf, um sie warnen zu können. Bum bum, ein wenig erfahrener Jäger sah ihn und schoß auf ihn: Rotflöckchen wurde getroffen und fiel ins Meer.«
»Und wieso ist er dann nicht gestorben?«
»Weil er noch ein wenig auf der Wasseroberfläche trieb. Als

jedoch die Schnepfen das Schießen hörten, änderten sie sogleich ihre Flugrichtung, nur Silbersternchen nicht, die so müde vom Fliegen war, daß sie sich auf ein Holzstück hinunterfallen ließ, das sie auf der Meeresoberfläche schwimmen sah. Nun ja, und da ganz in der Nähe war Rotflöckchen, verletzt und bewußtlos, schon fast am Untergehen. Sternchen flog zu ihm und sie schaffte es, ihn an einem Flügel bis auf das rettende Stück Holz zu ziehen.

»Gott sei Dank!« atmete Chicca auf. Die Geschichte von den Jägern hatte sie zutiefst beeindruckt.

»Um auf die Genesung Rotflöckchens zu warten, verließ nun Silbersternchen ihre Eltern und ließ sich in Neapel in einem wunderschönen Nest auf einem Baum im Stadtpark nieder, einem Ort, wo Jäger nicht hinkommen können. Die zwei Vögelchen lebten glücklich und zufrieden miteinander, bis eine wirklich außerordentliche Sache geschah: Du mußt nämlich wissen, daß in Ägypten ein merkwürdiger Vogel lebt, den man den ›Krokodilswächter‹ nennt.«

»Warum heißt er so?«

»Weil er den ganzen Tag stocksteif auf dem Kopf eines Krokodils steht.«

»Und das Krokodil frißt ihn nicht auf?«

»Nein, denn zwischen dem Vogel und dem Krokodil gibt es so eine Art Beistandspakt: Das Krokodil läßt den Vogel all die Insekten fressen, die auf seinem Kopf herumkriechen, und dafür schreit dann der Wächter, wenn eine Gefahr droht, während das Krokodil schläft.«

»Ach so, der spielt den Wachvogel.«

»Genau. Nun scheint es, daß sich der Krokodilswächter in Silbersternchen verliebt hatte, während sie in Ägypten gewesen war. Rotflöckchen behauptet, daß Silbersternchen ihn immer abgewiesen hatte, aber wir wissen nicht, was wirklich geschehen ist; Tatsache ist, daß der Wächter sich in seiner Liebe zu Silbersternchen aufmachte, um sie zu suchen, und daß es ihm eines Tages gelang, sie zu finden, auf ihrem Baum im

Stadtpark, wo sie mit Rotflöckchen zusammen war. Wahnsinnig vor Eifersucht versuchte er als erstes, unsern kleinen Specht umzubringen, und das wäre ihm sicher auch gelungen, denn er war mindestens drei Mal so groß wie er. Doch teils, indem er sich zwischen den Menschen auf den Wegen versteckte, teils, indem er hinter Wäschestücken entlangflog, die da zum Trocknen hingen, schaffte es Rotflöckchen, bis in den Zoologischen Garten zu kommen. Und hier geschah noch etwas Merkwürdiges: Der Wächter entdeckte in einem Teich eben jenes Krokodil, das er in Ägypten zurückgelassen hatte und das inzwischen in Gefangenschaft geraten und in den Zoo von Neapel gebracht worden war. Zutiefst gerührt vergaß er Silbersternchen und blieb für immer in Neapel, um seinem Freund Gesellschaft zu leisten.«

»Und Rotflöckchen und Silbersternchen?«

»Sie lebten noch eine Weile glücklich und zufrieden zusammen, dann endete ihre Liebe und sie kehrten wieder nach Mailand zurück: Sie heiratete einen sehr reichen Schnepfenmann, und er blieb Junggeselle, nicht zuletzt auch deswegen, weil es ihm niemals wieder gelang, eine Schnepfe zu finden, die so schön wie Silbersternchen war.«

10

Ende Mai wurde Luca zusammen mit Granelli und Salvetti nach Rom auf einen Fortbildungskurs geschickt, Titel: PVIK – Previsionstechniken mit iterativen Korrekturverfahren. Bevor er eine Entscheidung darüber traf, ob Luca zu den Kursteilnehmern gehören sollte oder nicht, hatte Livarotti immer wieder hin- und herüberlegt, und erst eine letzte und außerordentlich heftige Unterredung mit Dottor Bergami hatte ihn seine Zweifel besiegen lassen.

»Lieber Livarotti«, hatte Bergami gesagt, »wie üblich lassen Sie es am Sinn fürs Praktische fehlen. So wie die Sache momentan aussieht, gibt es nur zwei Auswege: a) Perrella wird von seinem Tick geheilt, und das wäre für uns alle das Beste, b) Perrellas Zustand verschlechtert sich, und in diesem Fall wird sich die Firma gezwungen sehen, seine Entlassung wegen geistiger Unzurechnungsfähigkeit einzuleiten. Und an jenem Tag, mein lieber Livarotti, werden wir viele Zeugen brauchen. Also schicken wir ihn los, soll er sich ruhig lächerlich machen, unsere Anwälte werden sich um das Weitere kümmern.«

In Rom gelang es Luca, Zeit für wunderschöne Spaziergänge zu finden: in der Villa Borghese, der Villa Ada und vor allem in der Villa Pamphili war er glücklich. Er genoß die Tatsache, daß die meisten Römer nicht wissen, wieviel Grün sie besitzen, und verbrachte ein ganzes Wochenende in der zauberhaften Einsamkeit schattiger Wege, sanfter Wiesen und alter, überwachsener Mauern. In die Villa Pamphili ging er am Samstag beim ersten Morgengrauen. Er trat ein, und vor seinen Augen öffnete sich eine gewaltige Grünfläche, die man mitten in einer italienischen Stadt nicht vermutet hätte. Luca hatte das Gefühl, sich auf der Bühne eines Theaters zu befinden, in dem man gerade eine Wagneroper inszenierte: Ein alter Brunnen, halb verdeckt von einem Flaum von feuchtem Moos, füllte nacheinander eine Reihe kleiner Becken und endete in einem See, der von Pappeln, Weiden und blühenden Magnolien umgeben war. Einige Bäume, die in der Mitte des Sees standen, spiegelten sich im Wasser und trugen zu der märchenhaften Stimmung des Ganzen bei. Auf dem Wasser in den Becken schwamm eine Decke aus winzig kleinen Blüten, fast wie ein dichter Teppichboden. Es war, als hätten sich die Seen der Villa Pamphili für diese Gelegenheit in ein zartes Gewand aus Chenille gehüllt. Von Zeit zu Zeit durchbrach ein Frosch den Pflanzenteppich, verschwand blitzschnell wieder und hinterließ in der Luft ein freudiges *quak quak*. Die Sonne, noch niedrig zu dieser frühen Morgenstunde, färbte das Hellgrün der stehenden Gewässer senffarben.

Nach einer Weile erschien ein Herr mittleren Alters; sein Hut glich dem einer Vogelscheuche, er trug eine Brille und Leinenhosen. Der Mann kletterte über den Zaun und ging den Abhang bis zum Ufer hinunter, bis dorthin, wo es beinah eher Wasser als Land war. Er hatte zwei ausgebeulte Plastiktüten mitgebracht. Während er sich umschaute, quakte er ein paarmal mit lauter, gutturaler Stimme. Und da schwammen sie auf ihn zu: viele, viele Wasservögel; schwarze und graue Enten, kleine und große; Wildgänse, Entenküken, eins hinter dem anderen, Stockenten mit schwarzem Kopf und malachitfarbenem Hals. Feierlich und ohne Eile näherten sich zwei wunderschöne Schwäne, glitten lautlos über das Wasser. Der Mann öffnete eine der Tüten und begann, ihnen Brotstückchen zuzuwerfen. Schon bald war er von einer Menge lärmender Vögel umgeben. Nicht alle blieben in Erwartung des Futters im Wasser; die Mutigsten stiegen ans Ufer, um ihm die Brocken direkt aus der Hand zu reißen. Die Entenküken, die Plüschtieren so ähnlich waren, daß sie wie nachgemacht aussahen, machten sich rauflustig auch noch die kleinsten Bröckchen streitig. Das Wasser schäumte unter ihrem Schnappen und den plötzlich ausbrechenden Kämpfen.

Als der Mann Luca bemerkte, der wie verzaubert die Szene beobachtete, machte er ihm mit der Hand ein einladendes Zeichen.

»Kommen Sie, kommen Sie nur.«

Luca kletterte über den Zaun und ging ans Ufer hinunter. Der Mann betrachtete ihn lächelnd und drückte ihm wortlos die zweite Plastiktüte in die Hand. Was er von weitem für Brotbröckchen gehalten hatte, waren in Wirklichkeit altbackene Hörnchen.

»Das sind Frühstücksreste, die sie mir im *Holiday Inn* geben, einem Hotel an der Aurelia, ganz in der Nähe«, erklärte der Mann und stieß ein weiteres lockendes *Quak* aus.

Luca begann mit der Verteilung und versuchte dabei, die Schwächsten zu begünstigen; es gab bitterböse Enten, die ältere oder kleinere Vögel daran hinderten, auch etwas aufzuschnappen. Es war nicht leicht, alle zufriedenzustellen. Ab und zu mußte er einige Stückchen weiter wegwerfen, um auch den Schwänen etwas zukommen zu lassen, die sich würdevoll abseits hielten. Auf einmal merkte er, daß er an den Hosenbeinen gezupft wurde; er schaute hinunter und sah eine kleine Ente mit einem rot-grünen Köpfchen: es war eine Krickente, die ihren Anteil am Frühstück forderte. Luca kauerte sich hin, und es gelang ihm, sie mit einem zerbröselten Hörnchen aus der hohlen Hand zu füttern.

Die Tüten waren in wenigen Minuten leer. Die beiden Männer schauten noch ein Weilchen den Enten zu, die sich die letzten Bröckchen streitig machten, und stiegen dann die Böschung wieder hinauf.

»Gestatten Sie? Gianbattista Pellegrini, sehr erfreut.«

»Angenehm, Perrella.«

»Sind Sie als Tourist hier?«

»Nein, ich bin zu einem Fortbildungskurs hier, ich bin Chemiker und arbeite bei der IBM in Mailand.«

»Bei der IBM, Donnerwetter! Ich arbeite in Rom: Ich bin Lateinlehrer am Luciano Manara-Gymnasium. Ist es das erste Mal, daß Sie in die Villa Pamphili kommen?«

»Ja, ich habe die Gelegenheit ergriffen: Heute ist Samstag, und wir haben keinen Unterricht. Der Kurs dauert zwei Wochen. Meine Kollegen sind nach Mailand zurückgefahren, aber ich...«

»Sehr gut; die Villa Pamphili ist ganz anders als die übrigen römischen Parks, sie hat ihre eigene Seele. Sehen Sie, Dottore, ich bin bekannt als der ›verrückte Professore‹, und wissen Sie, warum man mich so nennt? Nein, keine Sorge, selbst wenn ich es wäre, gehörte ich zu den Verrückten, die niemandem etwas zuleide tun. Sehen Sie dieses Bäumchen? Es ist ein Wacholder. Er sieht ganz jung aus und gehört doch zu den ›Alten‹ im Park; sie wachsen langsam, aber sie machen alles alleine. Sie wachsen in einem Boden wie diesem hier, aber auch zwischen Felsen, wie es gerade kommt. Riechen Sie mal, Dottore, riechen Sie den Geruch des Holzes, woran erinnert er Sie?«

Professor Pellegrini brach ein Stück von einem Zweig des Baumes ab und hielt ihn Luca unter die Nase.

»Denken Sie gut nach, woran erinnert es Sie?... An Bleistifte, Dottore, an Bleistifte! Versuchen Sie es mal, machen Sie eine Blechschachtel mit Buntstiften auf, und sofort werden Sie den Duft des Wacholders riechen, den Geruch Ihrer Volksschulzeit. Also, ich sagte gerade: Sie nennen mich den ›verrückten Professore‹. Nicht meine Schüler, um Gottes Willen, in einem gewissen Sinn mögen die mich, es sind die anderen, die mich so nennen: die Kollegen, die Nachbarn, die Leute. Jetzt werden Sie denken, wenn alle das sagen, muß doch etwas Wahres daran sein: Gut, Dottore, sagen Sie mir: Was bedeutet Ihrer Meinung nach das Wort ›verrückt‹?«

»Nun, im allgemeinen dürfte es bedeuten..., sagen wir, ...geisteskrank«, antwortete Luca und versuchte nicht beleidigend zu sein. »Nein, mein Lieber, verrückt ist ein Wort mit vielen Bedeutungen. Für mich bedeutet ver-rückt ›anders‹, und das, so glaube ich, bin ich.«

»Anders in welchem Sinn?«

»Meine Andersartigkeit ist geringfügig, jedoch so seltsam, daß sie nicht von der Allgemeinheit akzeptiert wird. Ich stehe morgens um fünf Uhr auf und gehe abends um acht Uhr schlafen. Das ist alles, Dottore. Ich habe eine ganz persönliche Zeitverschiebung! Ich weiß, ich sehe abends nicht fern, ich gehe nicht ins Kino und verlange von meinen Nachbarn, daß nach zwanzig Uhr nicht mehr so viel Krach gemacht wird. Ich habe eine Wahl für mein Leben getroffen, und von den Alternativen Sonne und Fernseher habe ich die Sonne vorgezogen. Ich habe vor allem eine akustische Wahl getroffen: Ich schaffe es so, drei Stunden Stille ganz für mich alleine zu haben. In den vergangenen Jahrhunderten, auf dem Land, wäre ich als ganz normaler Mensch betrachtet worden, heute, hier in Rom, betrachtet man mich voller Argwohn. Ich höre die Leute hinter meinem Rücken flüstern: ›Was macht dieser Professore bloß von fünf bis acht?‹ Sie sehen, was ich tue; ich gehe in die Villa Pamphili, ich atme saubere Luft, ich gebe den Enten etwas zu fressen und spreche mit den Bäumen. Dottore, haben Sie jemals versucht, mit den Bäumen zu sprechen?«

»Ehrlich gesagt... nein... kann man das?«

»Alles, was man will, kann man. Kommen Sie mit mir: Ich will Ihnen etwas zeigen.«

Der Professor verließ den Hauptweg und schlug einen Pfad zwischen den Bäumen ein. Von Zeit zu Zeit blieb er stehen, um auf Luca zu warten, der etwas Schwierigkeiten hatte, das Wäldchen zu durchqueren.

»Sehen Sie den rosa Fleck dort auf dem Hügel? Es ist eine kleine Gruppe Tamarisken, dahin müssen wir. Es ist nicht sehr weit: zehn, fünfzehn Minuten im Höchstfall und wir sind da.«

Die beiden Männer schritten tüchtig aus, den Hang einer großen Wiese hinauf. Man begann die Sonne zu spüren. Unterwegs spielte der Professor den Hausherrn.

»Dottore, die Bäume sind das Symbol des Lebens! Wissen Sie, wie die Bäume entstanden sind?«

»Sprechen Sie von der Schöpfung der Welt, so wie sie in der Genesis geschrieben steht?«

»Nein, ich spiele auf eine alte ägyptische Sage an, die bekannt ist als die Geschichte von Geb und Nut. Die Ägypter verehrten zur Zeit der Pharaonen Ra, den Herrn des Universums. Ra war die Ordnung, das Chaos, er war alles, er war es, der entschied, wer glücklich sein durfte und wer nicht. Ra kannte keine Regeln; er teilte seine Beschlüsse mit und alle zitterten vor ihm. Eines Tages erzählte man Ra, daß ein Mann und eine Frau ohne seine Erlaubnis glücklich geworden seien. ›Unmöglich‹, sagte Ra, ›wie heißen sie?‹ – ›Sie heißen Geb und Nut und sind deine Enkel.‹ – ›Und wie kannst du sagen, daß sie glücklich geworden sind?‹ – ›Sie haben ihren eigenen Weg entdeckt, um glücklich zu sein‹, antwortete der Spion, ›sie leben im Dunkeln, sie lieben sich, sie küssen sich, und wenn sie sich umarmen, schlagen ihre Herzen im gleichen Takt.‹ – ›Geh zu ihnen und trenne sie‹, befahl Ra, ›und sorge dafür, daß sie sich nie mehr im Leben begegnen können!‹ Der Spion, er hieß Shu, begab sich zu dem Ort, wo Geb und Nut sich versteckt hielten und fand sie dort in zärtlicher Umarmung: Nut bedeckte mit ihrem Körper den Körper von Geb und küßte ihn auf den Mund, Geb hatte eine Krone aus zerzausten Haaren und einen gestreiften Bart aus Buchsbaumhecken. Nuts Körper war ganz weiß und bleich wie eine Schneedecke, auf die schwach das Mondlicht fällt. Wie eine Furie stürzte sich Shu zwischen die beiden, trat Gebs Körper mit den Füßen und hob Nut empor über seinen Kopf. Und so geschah es, daß Nut der Himmel wurde und Geb die Erde. Auf Nuts Körper gingen Sterne auf, überall dort, wo Geb sie geküßt hatte, und aus dem Körper Gebs sprossen tausend und abertausend Bäume hervor, die alle die Zweige gen Himmel streckten, wie die Arme verzweifelter Liebender. Aus den Augen Nuts begann ein leiser Regen herabzufließen, und kleine Rinnsale strömten sachte zwischen den Bäumen, und ringsumher wuchsen Blumen.«

Der Professor schwieg und Luca hatte nicht den Mut, etwas zu sagen. Die eben erzählte Geschichte machte deutlich, daß die Eigentümlichkeiten und der verschobene Lebensrhythmus des Professors noch ganz andere Geheimnisse bergen mußten: vielleicht ein Stück seines Lebens, das er vergessen wollte, wer weiß, eine Trennung oder vielleicht nur ein riesiges Liebesbedürfnis.

»Und da steht sie in ihrer ganzen Pracht, die berühmte *tamarix gallica*. Na, was sagen Sie dazu, Dottore? Erinnern Sie sich an Vergil? *Deus nobis haec otia fecit*, ein Gott schuf für uns diese Ruhe.«

»Diese Bäume sind wirklich sehr schön, und jetzt stehen sie auch noch in voller Blüte.«

»Ja, wenn Sie sie jedoch genauer ansehen, werden Sie merken, daß eine dieser Tamarisken schöner ist als die anderen.«

»Eine ist schöner? Lassen Sie mich sehen... Ja, Sie haben recht, die da, die erste links hat mehr Blüten.«

»Genau, und gerade mit dieser Tamariske spreche ich seit fast einem Jahr.«

»Sie sprechen mit ihr?«

»Wissen Sie, Dottore: Es ist nicht so, daß die Bäume die Wörter verstehen, die Bedeutung der Vokabeln. Sie sind jedoch imstande, intuitiv die Stimmungen zu erfassen, die an die Wörter geknüpft sind; sie haben elementare Empfindungen. Ich komme jeden Morgen hierher, Dottore, und spreche mit diesem Baum. Was ich ihm sage? Das ist ganz gleichgültig; wenn ich bestimmte Wörter anderen vorziehe, dann nur deshalb, weil ich, ein menschliches Wesen, Sätze mit einem bestimmten Sinn brauche, um eine Aussage mitteilen zu können. Der Baum nicht, der Baum hört den Ton und entnimmt dem Tonfall meiner Stimme die Zärtlichkeit, die ich für ihn empfinde. Ich sage ihm, daß er der schönste Baum der ganzen Welt ist, daß heute die Sonne heiß scheinen wird und daß ich immer noch zu ihm kommen werde, wenn der Winter kommt und die Tamarisken häßlich und kahl sein werden. Ja, und jedesmal, wenn ich ihn gieße, singe ich ihm ein Lied vor.«

»Sagen Sie, Professore, kann es nicht sein, daß er schöner in Blüte steht als die anderen, weil Sie ihm jeden Tag einen Eimer Wasser geben?«

»Aber nein, Dottore, wo denken Sie hin? Ich gebe allen Tamarisken die gleiche Wassermenge. Ich hole es mit einem Plastikeimer dort hinten am Brunnen. Was zählt, ist nur, wie man gießt, die Liebe, die darin liegt. Und wenn Sie mir wirklich nicht glauben, zeigen Sie mir irgendeine dieser Tamarisken, und im kommenden Jahr werde ich Sie Ihnen in voller Blüte vorführen, und Sie werden zugeben müssen, daß sie die Schönste von allen ist.«

Luca ging zu der geliebten Tamariske hin, und aus ihren rosa Blütentrauben flogen zwei kleine Spatzen auf.

Tschiwie tschiwie tschiwie tschiwie ... tschiwie tschiwie tschiwie ... tschiep tschiep«, zwitscherte Luca den Vögeln zu.

»Es freut mich, daß auch Sie den Wunsch verspüren, mit der Natur zu sprechen«, sagte der Professor.

»Finden Sie es nicht seltsam?« fragte Luca.

»Was soll seltsam sein?«

»Ach, nichts.«

Weiter drüben, etwa zehn Meter von ihnen entfernt, setzte sich ein schöner schwarzer Vogel auf die Wiese.

»Schauen Sie, Professore, ein Rabe!«

»Nein, das ist eine Krähe. Ich erkenne sie an ihrem schwarzen Schnabel. Wußten Sie, daß die Krähe ursprünglich ein wunderschönes Mädchen war? Ovid erzählt, daß eines Morgens eine Nymphe am Strand spazierenging und dabei vom Gott Neptun gesehen wurde. Es ist uns ja bekannt, wie gewisse Begegnungen in der klassischen Mythologie enden: Jupiter, um nur ein Beispiel zu geben, ließ gewiß nichts anbrennen.

Nun ja, und auch Neptun spielte mit dem Gedanken. Aber die jungfräuliche Nymphe rief Minerva zu Hilfe, und diese verwandelte sie in eine Krähe, noch bevor Neptun seine Absicht verwirklichen konnte. *Metamorphosen*, zweites Buch: *tendebam brachia caelo, brachia coeperunt levibus nigrescere pennis*, ich streckte die Arme zum Himmel, und die Arme begannen schwarz zu werden vom leichten Gefieder.«

»Halten Sie denn die Verwandlung eines menschlichen Wesens in einen Vogel für möglich?«

»Alles, was man will, kann man auch.«

11

»Gestatten?«
»Ja, bitte?«
»Ich bin es, Livarotti, guten Tag, Dottor Bergami.«
Bergami wurde nervös; wenn es etwas gab, das ihm zutiefst zuwider war, so war es, wenn jemand in sein Büro kam, ohne zuvor durch die Sekretärin einen Termin vereinbart zu haben. Und sollte es der Aufsichtsratsvorsitzende höchstpersönlich sein! Es ist schließlich ein Zeichen guter Erziehung, sich durch die Sekretärin anmelden zu lassen. Und nun glaubte dieser Livarotti, in seinem Büro ein- und ausgehen zu können wie es ihm gerade paßte, nur weil sie sich als Kinder gekannt hatten (und nicht einmal damals war er sehr vertraut mit ihm gewesen).
»Was ist passiert, Livarotti? Was wollen Sie? Jetzt erzählen Sie mir bloß nicht, daß Sie schon wieder gekommen sind, um mit mir über Ihren Quälgeist zu sprechen... wie heißt er doch gleich... Pannella... Pezzella...«
»Perrella.«
»Also gut, was hat er nun schon wieder angestellt?«
»Er gar nichts, aber ich fürchte, seine Krankheit ist ansteckend.«
»Was soll das heißen, ansteckend?«
»Als ich heute morgen auf den Fahrstuhl wartete, habe ich im Flur ein Zwitschern gehört. Ich dachte, es wäre Perrella, und um nicht gehört zu werden, habe ich mich ihm ganz leise genähert: Nun ja, es war nicht Perrella, sondern zwei andere

Männer aus meinem Büro: Calia und Ferranti. Nach dem, was ich gehört habe, sah es aus, als ob Calia Ferranti pfeifend etwas fragen und Ferranti ihm mit einem mehr oder minder ähnlichen Gezwitscher antworten würde.«

»Hören Sie, Livarotti, jetzt ist Schluß! Sie und Ihr Büro, Sie können mich mal!« platzte Bergami heraus und schlug mit der Faust auf den Tisch. »Ich habe es Ihnen schon einmal gesagt: Für das Verhalten Ihrer Mitarbeiter sind Sie mir unmittelbar verantwortlich!«

»Aber deswegen bin ich doch hier. Glauben Sie mir, Dottore, es ist wirklich eine außergewöhnliche Situation, ich weiß nicht mehr, wie ich mich verhalten, welche Maßnahmen ich treffen soll. Sicher ist, daß man so nicht arbeiten kann.«

»Haben Sie die beiden zur Rede gestellt?«

»Nein, noch nicht; es ist doch so, daß diese, verdammt, wie soll ich sagen, diese pfeifenden Subjekte die Tatsache bestreiten, selbst wenn man sie in flagranti erwischt. Fast als würden sie das gar nicht absichtlich machen.«

»Schon gut, ich verstehe: ich muß mich selbst um die Angelegenheit kümmern«, unterbrach ihn Bergami und drückte auf die rote Taste seines Telefons, um die Sekretärin zu rufen. »Signorina, lassen Sie sofort... wie heißen die beiden?«

»Calia und Ferranti.«

»Signor Calia von der Gruppe Absatzplanung zu mir rufen... ja, in mein Büro, und zwar sofort.« Doktor Bergami legte den Hörer heftig auf, gerade als wolle er sagen: Jetzt nehme ich die Sache in die Hand, und dann wollen wir doch mal sehen, ob die Angelegenheit nicht wieder in Ordnung kommt.

»Und dann wäre da auch noch Ferranti«, merkte Livarotti an.

»Wir fangen erst mal mit Calia an. Und Sie rühren sich nicht vom Fleck.«

»Dottore, wenn Sie gestatten, ein Rat, ich würde nicht gleich zum Angriff übergehen: Ich würde ihn einfach möglichst viel reden lassen, um zu sehen, ob er irgendwann zu zwitschern anfängt, ohne es zu merken. So verfahre ich mit Perrella, wenn ich sicher sein will, daß...«

»Hören Sie Livarotti, ich bin sicher, ich komme ohne Ihre Ratschläge aus. Was dachten Sie denn? Daß ich ihn gleich fragen will: Entschuldigung, Calia, Sie zwitschern nicht zufällig manchmal?«

Livarotti begriff, daß er ins Fettnäpfchen getreten war, und hüllte sich in respektvolles Schweigen. Bergami beschäftigte sich derweil nicht mehr mit ihm, um sich Problemen auf einem anderen Niveau widmen zu können: Termine mit wichtigen Persönlichkeiten, eine Versammlung der Geschäftsleitung und so weiter. Der gute Livarotti sah ihm beim Arbeiten zu und versuchte sich zu erinnern, wie er auf der Volksschule gewesen war. Wenn er so recht darüber nachdachte, war der Bergami immer ein kleiner Scheißkerl gewesen; ein feiner Pinkel, eine richtige Pflaume: weiße Kniestrümpfe und blaue Hosen bis zum Knie. Nie war er zum Spielen in den Park gekommen. Wer weiß, dachte Livarotti, vielleicht wird man als stellvertretender Generaldirektor geboren?! Schade nur, daß er ihm damals, als er es sich noch erlauben konnte, nie einen ordentlichen Tritt versetzt hatte!

Nach zehn Minuten klopfte es an der Tür.

»Herein!« rief Bergami.

Die Tür öffnete sich gerade weit genug, um das blasse, bebrillte Gesicht des Buchhalters Calia erkennen zu lassen (Stufe 18, Beauftragter zur Beschleunigung der Übergabe der Vorhersagen). Der arme Mann befand sich in einem Zustand schrecklicher Verlegenheit. Noch niemals seit er bei der IBM arbeitete, hatte er einen Fuß in den 10. Stock gesetzt. Alles dort war neu für ihn: der Teppichboden im Korridor, der Empfangsraum mit den Ledersesseln, die eleganten, bildhübschen Sekretärinnen, die ihn gefragt hatten: ›Sie wünschen?‹, aber mit einem zweifelnden Unterton, als wollten sie sagen: ›Hören Sie, hier sind Sie im falschen Stockwerk.‹ Aber sie täuschten sich: er, der Buchhalter Calia von der Gruppe Absatzplanung, war zu Dottore Bergami gerufen worden. Warum? Er konnte sich das Warum einfach nicht erklären, und das versetzte sein Herz in einen schrecklichen Aufruhr. Schon als er im Aufzug den Knopf zum 10. Stock gedrückt hatte, war ihm fast schwindlig geworden. Was konnte passiert sein: eine Beförderung, eine Versetzung, ein Unglück zuhause?! Nein, nein, jede dieser Nachrichten wäre ihm von seinem unmittelbaren Vorgesetzten oder im Höchstfall von Ingegner Livarotti mitgeteilt worden. Bergami hätte ihn nie zu sich in sein Büro gerufen. Und während all diese Gedanken in seinem Kopf herumschwirrten, war er stocksteif in einer höchst merkwürdigen Haltung stehengeblieben: Er stand stramm, aber mit dem Kopf im Zimmer und mit den Füßen noch draußen.

»Herein«, wiederholte Bergami. »Was machen Sie denn da? Wollen Sie nicht hereinkommen? Bitte, nehmen Sie Platz.«

Calia öffnete die Tür, machte zwei Schritte und blieb mitten im Zimmer stehen, noch immer stramm in Hab-Acht-Stellung.

»Calia, bitte sehr, ich will keine Zeit verlieren: Nehmen Sie hier im Sessel Platz.« Bergami wurde ungeduldig.

»Sofort«, antwortete Calia und setzte sich in den angegebenen Sessel; ohne sich jedoch zurückzulehnen, ein bißchen wie ein Fahrschüler in der ersten Unterrichtsstunde.

»Wie geht's?« fragte Bergami, bemüht, einen leichten Konversationsstil zu finden.

»Danke, gut«, antwortete Calia, dem schon nach dem halben »Danke« fast die Stimme wegblieb vor lauter Aufregung.

»Wie lange sind Sie schon bei der IBM?«

»Im September werden es sechs Jahre.«

»Sind Sie zufrieden mit Ihrer Arbeit?«

»Eigentlich ja, das heißt, ich wollte sagen, ja.«

»Ja oder nein?«

»Ja, ja, ich bin zufrieden.«

»Und Sie verstehen sich gut mit Ihrem neuen Chef, mit Dottor Perrella?«

»Ja, Dottore.«

»Seien Sie ehrlich, Calia, mit mir können Sie ganz offen reden: Wie beurteilen Sie Dottor Perrella?«

Calia warf einen verzweifelten Blick auf Livarotti, gewann einen Moment Zeit und dann, nach einem tiefen Atemzug, antwortete er: »Ich halte ihn für einen Mann mit sehr guter Vorbildung und für einen ausgezeichneten Chef.«

»Calia, von Mann zu Mann, schauen Sie mir in die Augen«, sagte Bergami, während sein Blick den armen Buchhalter durchbohrte, »haben Sie nicht den Eindruck, daß dieser Perrella etwas merkwürdig ist?«

»Merkwürdig?«

»Ja, merkwürdig. Oder wenn Sie das vorziehen, einer, der merkwürdige Dinge tut.«

»Nun ja, ich muß zugeben, daß Dottor Perrella, wie soll ich sagen, in letzter Zeit etwas ... erschöpft ... scheint.«

»Sie meinen verrückt?«

»Nein, nein, das habe ich nicht gesagt.«

»Ich sage Ihnen, er ist verrückt«, setzte Bergami ihm zu.

»Er ist es wirklich.«

»Ist es wahr, daß er zwitschert?«

»Ja, häufig.«

»Und Sie zwitschern auch manchmal?«

»Nein, nein, ich nicht, ich zwitschere nicht.«

»Ach was, mein lieber Calia«, unterbrach ihn Livarotti und stand auf, »jetzt kommen Sie nur nicht und erzählen mir, daß Sie nicht zwitschern!«

»Aber ich schwöre Ihnen, daß ...«

»Hören Sie mir gut zu: Erst heute morgen habe ich Sie vorm Aufzug gehört, Sie waren zusammen mit Ferranti und haben gepfiffen, oder wollen Sie das leugnen?« klagte ihn Livarotti mit ausgestrecktem Zeigefinger an. »Sie und Ferranti, ich habe es mit eigenen Ohren gehört.«

»Ja, wir haben gepfiffen, aber nicht wie Dottor Perrella.«
»Sondern wie?«
»Verstehen Sie, Dottore, wir sind ›Verdianer‹, wir lieben Opernmusik«, erklärte Calia kreidebleich. »Wenn wir uns treffen, pfeifen wir immer irgendeine kleine Arie. Heute früh haben wir zum Beispiel die ›Aida‹ gepfiffen, wissen Sie, den Triumphmarsch: Ferranti pfiff das Hauptmotiv und ich den Kontrapunkt der Trompeten.«

Bergami schaute Livarotti streng an.

»Und Sie, Livarotti, was machen Sie, Sie verwechseln mir die ›Aida‹ mit Vogelgezwitscher?«

»Ehrlich gestanden habe ich kein Ohr dafür.«

»Schon gut, darüber reden wir später«, brachte Bergami ihn zum Schweigen. Dann wandte er sich an Calia: »Mal abgesehen davon, daß ich das Büro nicht für den geeigneten Ort halte, um Verdiopern zu pfeifen, können Sie jetzt gehen, Ragioniere. Betrachten Sie diese Unterredung als streng vertraulich. Es ist besser, wenn die Probleme des Betriebs dort bleiben, wo sie entstanden sind.«

»Wenn es darum geht«, erwiderte Calia, der wieder etwas Mut geschöpft hatte, »das mit Perrella, das wissen alle, in der Firma genau wie außerhalb.«

»Außerhalb der Firma, was soll das heißen?«

»Daß alle es wissen. Gestern hat mich ein Kunde angerufen, der wissen wollte, ob es wahr ist, was man sich erzählt.«

»Ein Kunde?!«

»Ja, Signor Mastropasqua, der Chef der Abteilung Datenverarbeitung von der Magneti Marelli; soweit ich weiß, hat es ihm ein Vertreter der Honeywell erzählt.« Im Büro trat apokalyptisches Schweigen ein. Livarotti schaute angestrengt auf seine Schuhspitzen und wagte kaum zu atmen. Calia hatte ein der Situation angemessenes Gesicht aufgesetzt, in der Absicht, verstört zu erscheinen, während er in seinem Innersten zutiefst erregt war über die unerwartete Rolle als Zeuge, die ihm da zugefallen war; er konnte es kaum erwarten, die Geschichte der ganzen IBM zu erzählen. Mit dem typischen Ausdruck der großen Führerpersönlichkeit in kritischen Situationen nahm Bergami die Angelegenheit sofort wieder selbst in die Hand.

»Danke Calia, Sie können gehen.«

Schweigend wartete er, bis der Ragioniere den Raum verlassen hatte, dann drückte er zweimal auf die rote Taste, um seine Sekretärin zu rufen, und erklärte: »Es gilt, keine Zeit zu verlieren, Livarotti! Ich berufe die Personaldirektion ein, und alles, was in der *Line* verantwortlich ist. Ich weiß nicht, ob Ihnen das klar ist, aber hier könnte durchaus jemand fliegen.«

Livarotti war das vollkommen klar, nicht zuletzt, weil er sehr wohl begriffen hatte, daß er selbst dieser »jemand« war, der fliegen konnte. Er wollte einwenden, daß ihm doch die geistige Verfassung Perrellas schlecht zum Vorwurf gemacht werden konnte, da sich die Symptome kaum vierundzwanzig Stunden, nachdem er ihn in seine Abteilung übernommen hatte, gezeigt hatten. Aber er konnte sich nicht mehr dazu äußern, da gerade die Sekretärin von Dottor Bergami eingetreten war.

»Schreiben Sie bitte, Signorina: von Bergami an Terzaghi, Goretti, Longhi, Casandrini, Vecchi und Livarotti. Betreff: der Fall Perrella. Moment, nein, es ist besser, sich allgemein zu halten, man weiß nie. Schreiben Sie also: Betreff: Verhaltensregeln innerhalb der Firma. Am kommenden Montag, den 15. um 9.30 Uhr findet in Saal A im zehnten Stock eine Besprechung zu dem oben genannten Thema statt. Für Ihr Erscheinen wäre ich dankbar. Hochachtungsvoll. Schicken Sie es als ›streng vertraulich‹, dann werden sie begreifen, daß es sich um etwas Wichtiges handelt.«

12

»Zio Cardellino, hast du Fieber?«
»Warum sollte ich Fieber haben?«
»Bist du nicht krank?«
»Wer hat denn behauptet, daß ich krank bin?«
»Maurizio hat es gesagt.«
»Und wer ist Maurizio?«
»Ein Freund aus der Schule. Er hat erzählt, daß er auch mal einen Onkel hatte, der ein Vogel war; und dann, hat er gesagt, dann ist dieser Onkel Vogel gestorben, weil es für die Vögel, wenn sie zu groß sind, ganz schlimm ist, im Haus zu leben, und dann müssen sie ganz sicher sterben. Ist es für dich schlimm, daß du im Haus lebst, Zio Cardellino?«
»Ja, ein bißchen.«
»Oh, Zio Cardellino, bitte, bitte, nicht sterben!«
»Keine Sorge«, antwortete Luca lachend, »ich werde versuchen, so lange wie möglich zu leben.«
»Ist es wahr, daß die Vögel kürzer leben als die Menschen?«
»Alle Tiere leben kürzer als die Menschen, ausgenommen, glaube ich, die Schildkröten und die Elefanten.«
»Weißt du, Zio Cardellino, du mußt Rotflöckchen mal fragen, ob es wahr ist, daß die Vögel nur nachts sterben können. Maurizio sagt, daß sie nachts sterben, denn dann kommen früh am Morgen die Straßenkehrer und bringen sie weg.«
»Das hat Rotflöckchen mir schon alles erzählt.«
»Also ist es wahr, was Maurizio gesagt hat?«
»Aber nein, es ist nicht wahr: Die Vögel haben eine Spezial-

erlaubnis von Jesus. Wenn sie merken, daß sie sterben müssen, fliegen sie geradewegs in den Himmel, so ... senkrecht. Darum sieht man nie tote Vögel am Boden herumliegen, sonst müßten wir ja täglich Millionen davon finden.«

»Und Rotflöckchen ist sehr alt?«

»Ja, er ist der älteste aller Spechte, die hier in Mailand leben; er hat mir gesagt, daß er mir eines Tages, bevor er stirbt, das Geheimnis beibringen wird, wie man fliegt.«

»Du bist noch nie geflogen, oder?«

Luca antwortete nicht: Er schloß die Augen, als müsse er sich auf eine alte Erinnerung konzentrieren, dann nahm er Chicca in die Arme und setzte sie rittlings auf seinen Schoß.

»Du bist noch nie geflogen, Zio Cardellino, oder?« wiederholte Chicca, überzeugt, daß der Onkel sie beim ersten Mal nicht gehört hatte.

»Doch, einmal.«

»Erzähl, Zio, erzähl mir davon, wie du einmal geflogen bist.«

»Es ist eine merkwürdige Geschichte, die vor vielen, sehr vielen Jahren geschehen ist: Ich war achtzehn Jahre alt...«

»Wie Vittorio?«

»Ja, und ich wohnte in Neapel. Als ich eines Tages aus der Schule kam, sah ich ein wunderschönes Mädchen; sie hatte schwarze Haare, olivgrüne Augen und trug ein himmelblau kariertes Kleid. Das Mädchen lief so eilig die Treppe der Schule hinunter, daß sie mich umrannte und ich hinfiel. Alle Bücher, ihre und meine, fielen runter, und dann sagte sie mir, daß ich ein Dummkopf sei, ich hätte doch genau gesehen, daß sie gelaufen kam, und wäre trotzdem nicht zur Seite getreten; und ich hatte nicht den Mut, ihr zu antworten, denn sie hatte doch recht; ich hatte sie gesehen und war wie verzaubert stehengeblieben!«

»Wie hieß das Mädchen?«

»Sie hieß Simonetta und ging in die Obersekunda, ich ging schon in die Oberprima und sollte in dem Jahr meine Reifeprüfung machen.«

»Und was ist dann passiert?«

»Dann sind wir Freunde geworden: Jeden Tag wartete ich am Schultor auf sie und ich war glücklich. Einmal gingen wir auf einen Hügel, der hieß ›i Camaldoli‹, und ein anderes Mal, es war noch Winter, gingen wir hinab zu einem kleinen Strand, der voller Steine war, und warteten auf den Sonnenuntergang. Ich kann mich nicht erinnern, daß ich jemals die Sonne so groß und so rot gesehen habe wie damals. Dann kam der Frühling und Simonetta wurde noch schöner. Sie erzählte mir von einem Park voller Blumen, den sie kannte, und daß dieser Park geschlossen war, weil er einer Prinzessin gehörte, die außerhalb von Neapel wohnte. Sie sagte mir, wenn ich dem Wächter zehn Zigaretten geben würde, würde er uns einlassen. Der Wächter hieß Salvatore, für eine Stunde nahm er zehn Zigaretten, und für einen Nachmittag ein ganzes Päckchen amerikanische. Jedesmal, wenn ich kam, sagte er zu mir in seinem neapolitanischen Dialekt: ›Komm rein, Kleiner, das Leben ist verdammt kurz! Aber wenn dich jemand ausfragt, wie du reingekommen bist, sag einfach, du bist über das Tor geklettert, und denk daran, Kleiner, daß ich dich noch nie gesehen hab!‹«

»Und wie war dieser Park?«

»Wie ein Zaubergarten! Eines Morgens, es war am 16. Mai, da sind Simonetta und ich nicht in die Schule gegangen. Wir gingen in den Park und legten uns auf eine Wiese voller Margeriten. Simonetta umarmte mich und dann sagte sie: ›Und jetzt bringe ich dir das Fliegen bei! Auf dieser Wiese wächst eine Margerite, die von weitem aussieht wie alle anderen, von nahem dagegen siehst du, daß die Blütenblätter jeweils verschiedene Farben haben. Es ist schwer, sie zu finden, denn ihre Farben sind ganz zart, und im blendenden Sonnenschein sieht sie einfach weiß aus. Wenn du zwei solcher Margeriten findest, bringe ich dir das Fliegen bei!‹«

»Und hast du die Margeriten gefunden?«

»Ja, aber wohl auch, weil Simonetta mir genau in dem Moment einen Kuß gab und ich die Augen schloß; als ich die

Augen wieder aufmachte, sah ich vor mir auf der Wiese zwei kleine bunte Margeriten: Ihre Blütenblätter waren rosa, himmelblau, hellgrün, gelblich und dann noch ein anderes Rosa und ein helleres Himmelblau. Simonetta erklärte mir, daß man sich diese Margeriten in die Haare stecken muß, um zu fliegen, und daß man sich dabei mit verschränkten Fingern bei der Hand halten muß.«

»Und dann seid ihr zusammen geflogen?«

»Wir flogen den ganzen Tag lang und unter uns schien die Welt ganz klein und so weit weg.«

»Und was ist dann passiert?«

»Dann sind viele häßliche Dinge geschehen: Simonetta hatte eine Zwillingsschwester, die genau wie sie aussah, aber sehr böse war. Die Zwillingsschwester erfuhr, daß Simonetta mit mir im Garten der Prinzessin gewesen war, und wurde eifersüchtig. Eines Abends, als die beiden zu Hause in den Keller gegangen waren, gelang es der bösen Schwester, Simonetta in einen dunklen Raum einzusperren, und sie dort, ich weiß nicht wie lange, gefangen zu halten. Da sie wußte, daß niemand die beiden unterscheiden konnte, ging sie an Stelle von Simonetta in die Schule. Nur wenn man ihr genau in die Augen sah, hätte man merken können, daß sie nicht Simonetta war; nicht wegen ihrer Farbe, die war die gleiche, sondern weil Simonettas Augen unendlich süß waren und die der Schwester kalt und böse.«

»Aber du hast doch sicher sofort gemerkt, daß es nicht Simonetta war.«

»Leider nicht gleich. Auch die Schwester brachte mich in den Garten der Prinzessin, und am Anfang war sie lieb und freundlich. Sie war es sogar, die die Zaubermargeriten fand, und mir eine davon in die Haare steckte. Dann nahm sie mich bei der Hand und sagte: ›Komm, Liebster, und fliege mit mir.‹ Wir flogen erst ein paar Minuten, als sie mir einen Kuß geben wollte. Und genau in diesem Moment sah ich ihr in die Augen und merkte, daß es nicht mehr Simonetta war. Zu spät: Während sie an mich herankam, um mir einen Kuß zu geben, zog sie mir die Margerite aus den Haaren und ließ mich ins Leere fallen.«

»Hast du dir weh getan, Zio Cardellino?«

»Sehr.«

»Hat Salvatore dir geholfen?«

»Er sagte mir, ich solle mir keine Sorgen machen, es sei nur eine Frage der Zeit. Also habe ich ihn gefragt, wie lange es dauern würde, bis ich wieder gesund würde, und nachdem er ein bißchen darüber nachgedacht hatte, sagte er mir: ›Vorbeigehen tut es nicht, Kleiner, aber man gewöhnt sich daran.‹«

13

»Guten Morgen, meine Herren. Ich habe diese Sitzung einberufen, um den Fall Perrella zu diskutieren. Ich brauche Ihnen gar nicht erst zu sagen, daß mir keiner diesen Raum verläßt, bevor wir nicht eine Entscheidung in der fraglichen Angelegenheit getroffen haben.«

Bergamis Stimme klang entschlossen. Außer Bergami selbst und Ingegner Livarotti nahmen an der Versammlung fünf leitende Angestellte der IBM ITALIA teil, und zwar: Terzaghi (Direktor der Personalabteilung), Casandrini (Stellvertreter Terzaghis), Goretti (Direktor des Stabs), Vecchi (Stellvertreter Gorettis und Chef Livarottis) und Longhi (Direktor der Abteilung Sicherheitssysteme).

»Also«, fuhr Bergami fort, »allen hier Anwesenden ist das Thema der Tagesordnung bekannt. Einer unserer Führungskräfte, Dottor Perrella von der Gruppe Absatzplanung, – ach ja, wer war es eigentlich, der Perrella damals zur Beförderung vorgeschlagen hat? Das waren doch nicht etwa Sie, Livarotti?«

»Um Himmels willen, nein, Dottor Bergami, ich ganz sicher nicht.«

»Na gut«, seufzte Bergami, »also, was ich sagen wollte: Einer unserer Führungskräfte, Dottor Perrella, zeigt seit einigen Monaten während der Arbeitszeit ein atypisches Verhalten; einfacher ausgedrückt: Perrella gibt mit dem Mund eine Reihe von Tönen von sich, die dem Gezwitscher von Vögeln ähneln. Habe ich das richtig wiedergegeben, Livarotti?«

»Ja, ja, exakt: Perrella zwitschert.«

»Als sich das Phänomen zum ersten Mal zeigte, gelang es Livarotti leider nicht, den Zwischenfall zu vertuschen.«

»Aber ich habe doch...«

»Seien Sie still, Livarotti«, unterbrach ihn Bergami. »Was ich sagen wollte, ist, daß Livarotti bei jener Gelegenheit den Kopf verlor und die Sache viel zu wichtig nahm, mit der Folge, daß das Ganze sofort zum Ereignis des Tages in der ganzen Firma wurde: Ich erinnere mich, daß man in der Kantine von nichts anderem sprach. Die Lage hat sich inzwischen entscheidend verschlimmert: Die Nachricht ist auch außerhalb der Firma bekanntgeworden und wird von den Vertretern der Konkurrenz als Thema benutzt, um unsere Kunden zu unterhalten.«

»Wissen wir das mit Sicherheit?« erkundigte sich Longhi von den Sicherheitssystemen.

»Absolut sicher.«

»Also gibt es in der Gruppe Absatzplanung offensichtlich jemanden, der herumerzählt, was innerhalb der Firma passiert«, sagte Longhi.

»Bitte, unterbrechen Sie mich nicht, Longhi!« brachte Bergami ihn zum Schweigen. »Das ist nicht das Problem; für die, die es noch nicht kapiert haben: Wir brauchen eine Idee, wie wir diesen Perrella zum Teufel schicken können!«

»Hat man Perrella schon vorgeschlagen, in Kur zu gehen?« fragte Goretti.

»Klar, Livarotti hat alles mögliche probiert; unser Mann weigert sich, sich krank schreiben zu lassen und will noch nicht einmal seinen noch ausstehenden Urlaub antreten.«

»Meine Herren«, platzte Livarotti heraus, der es einfach nicht mehr schaffte, ruhig zu bleiben, »wir dürfen nicht übersehen, daß das fragliche Subjekt es abstreitet, ich wiederhole: es abstreitet, jemals im Büro gezwitschert zu haben. Wie soll ich ihm da denn sagen: Sie sind krank, lassen Sie sich behandeln?«

»Und wie sieht es mit seiner Arbeit aus?«

»Tadellos«, antwortete Livarotti. »In der Erledigung seiner Aufgaben immer pünktlich und präzise.«

Wie üblich wurde der arme Livarotti von Bergami unterbrochen. »Dottor Terzaghi, welche Ansicht vertritt die Personaldirektion?«

»Meine Herren«, begann Terzaghi mit einer Stimme, als läse er einen Paragraphen aus einem Gesetzbuch vor, »arbeitsrechtlich gesehen, kann die Anomalie Perrellas unter zwei verschiedenen Aspekten betrachtet werden: entweder als Insubordination oder als Krankheit. Versuchen wir doch, mit aller Bedachtsamkeit vorzugehen. Im ersten Fall ist entsprechend den Bestimmungen des Arbeitsvertrages vom 14. April 1978 folgende Prozedur vorgesehen: a) mündliche Ermahnung, b) schriftliche Ermahnung, c) Geldstrafe, die den Betrag von drei Stundenlöhnen nicht überschreiten darf, d) Kündigung, fristlos oder nach den gesetzlichen Kündigungsfristen, je nach Schwere der Insubordination. Soweit ich von meinen Mitarbeitern erfahren habe, hat Ingegner Livarotti nach einigen mündlichen Ermahnungen, die keinerlei Wirkung zeigten, eine schriftliche Ermahnung an Dottor Perrella geschickt, der innerhalb der vorgesehenen Frist von fünf Tagen ordnungsgemäß geantwortet hat. Signor Casandrini, lesen Sie uns bitte die Ermahnung und das Antwortschreiben Perrellas vor.«

»Sofort, Dottore«, sagte Casandrini und suchte in den zahlreichen Papieren herum, die er vor sich hatte. »Da ist es: ›Von Livarotti an Perrella und zur Kenntnisnahme an Vecchi, Goretti usw. usf. Betreff: schriftliche Ermahnung. Mit dem vorliegenden Schreiben... usw. usw.... werden Sie aufgefordert, sich während der Arbeitszeit eines eher den Standards der Firma genügenden Verhaltens zu befleißigen. Mit vorzüglicher Hochachtung.‹ Und dies ist die Antwort von Perrella: ›Von Perrella an Livarotti und zur Kenntnisnahme usw. usf. In Antwort auf Ihr... usw. usf.... wäre ich Ihnen sehr dankbar, wenn Sie mir mitteilen würden, welches die Standards des Betriebs sind.‹«

»Und was haben Sie darauf geantwortet?«

»Nichts«, sagte Livarotti. »Was hätte ich darauf antworten sollen?«

»Wieso nichts?«

»Na, wie soll ich das denn machen, jemandem sagen, welches die Standards der Firma sind?!«

»Jedenfalls«, stellte Terzaghi fest, »war es auf Grund der fehlenden Antwort von Seiten des Ingegner Livarotti nicht möglich, auf dem Weg zur Kündigung fortzuschreiten. Vorausgesetzt, daß wir den harten Kurs weiterverfolgen wollen, ist es darum erforderlich, daß wir mit einer neuen schriftlichen Ermahnung von vorne anfangen, die dann, so hoffe ich, etwas besser dokumentiert wird.«

»A propos dokumentieren«, sagte Livarotti und senkte die Stimme, »während der letzten Versammlung habe ich den Kassettenrekorder meiner Tochter mitgebracht, in der Hoffnung, eine Dokumentation des Störfalls zu erhalten. Doch leider war genau dieses Mal Dottor Perrella...«

»Livarotti!!! Sind Sie denn wahnsinnig geworden?!« schrie Terzaghi. »Sie vergessen, daß das Arbeiterstatut, Gesetz 300 vom 20. Mai 1970 in Artikel 4 ausdrücklich bestimmt: ›Verboten ist der Gebrauch von audiovisuellen Anlagen und anderen Apparaten, die den Zweck haben, die Tätigkeit der Arbeiter ohne deren Wissen zu kontrollieren.‹ Bitte vergessen Sie nicht, Livarotti, Sie arbeiten bei der IBM!«

Alle schauten Livarotti streng an, der, keineswegs eingeschüchtert, vor sich hinbrummte:

»Natürlich, natürlich, aber dann beklagt euch nicht, wenn wir mit diesem Arbeiterstatut eines schönes Tages allesamt auf der Straße sitzen!«

»Mein lieber Livarotti, ich muß mich über Sie wundern«, sagte Bergami. »Seit so vielen Jahren arbeiten Sie bei der IBM und Sie haben noch nicht begriffen, daß eine der wichtigsten Regeln in der IBM der Respekt vor der *privacy* der Mitarbeiter ist. Aber kehren wir zu unserem Problem zurück: Also, wenn wir mit der Insubordination nicht weiterkommen, bleibt uns nichts als die Hypothese einer Geisteskrankheit. Ich hielt es für angebracht, die Notizblöcke von Dottor Perrella aus seinem Schreibtisch holen zu lassen; man müßte sie mir gleich bringen, einen Moment bitte.«

Bergami rief über Telefon seine Sekretärin und bat sie, die damit beauftragte Person hereinzulassen. Nach ein paar Minuten erschien Giannantonio, der Feldwebel der Gruppe Absatzplanung.

»Hier sind die Unterlagen, Dottore«, sagte Giannantonio und vermied es, Livarottis Blick zu begegnen, der seinerseits versuchte, ihn aus der Entfernung mit seinen Blicken zu erdolchen.

»Sind das die Originale?«

»Nein, es sind Fotokopien.«

»Also, schauen wir mal rein«, sagte Bergami. »Hier ist eine Zeichnung, was meinst du dazu, Goretti?«

»Für mich sieht das aus wie ein Käfig ohne Vogel.«

»Darf ich mal sehen?« mischte sich Vecchi ein. »Entschuldigt, aber ich sehe darin nur die Spalteneinteilung für eine statistische Tabelle.«

»Hier ist eine Liste zu erledigender Dinge«, fuhr Bergami fort. »Ich lese vor: Telefon bezahlen, Monatsbericht verfassen, Professor Pellegrini schreiben, Tintenfischknochen... Tintenfischknochen??! Aber... seit wann haben denn Tintenfische Knochen? Jetzt ist der Kerl völlig verrückt geworden!«

»Entschuldigen Sie, Dottor Bergami«, mischte sich Vecchi noch einmal ein. »Da steht: Montale, *Tintenfischknochen*. Ich glaube, er bezieht sich hier auf den Gedichtband.«

»A propos Gedichte: Hier haben wir einige Gedichte, die unser Dottor Perrella wohl zu seinem Vergnügen während der Arbeitszeit schreibt. Ich würde sagen, wir lassen Sie von Livarotti vorlesen, der als sein Chef dafür gewissermaßen verantwortlich ist.«

Livarotti nahm das Blatt, das Bergami ihm reichte und wand

sich unbehaglich auf seinem Sessel; dieser Scheißkerl hatte es ihm offensichtlich nie verziehen, daß sie zusammen zur Volksschule gegangen waren. Wieder einmal dachte er an den Tritt, den er ihm niemals versetzt hatte; dann konzentrierte er sich, um dieses verdammte Gedicht besser lesen zu können.

»Ich träumte von nußbraunen Frauen / Gauguin / Sternbildern, die auf dem Kopfe stehen / von Mango und Papaja / Doch ich stehe an einem elektrischen Ofen / nicht weit vom Bahnhof / ich verkaufe Pizza im Quadrat / oder rechteckig / und ich sage: meine Damen / essen Sie sie gleich so / oder soll ich sie aufwärmen?«

»Was bedeutet das?«

»Wer weiß«, antwortete Terzaghi. »Wenn Perrella nicht als Nebenbeschäftigung eine dieser Pizzerien mit elektrischem Ofen betreibt, was uns die Möglichkeit geben würde...«

»Aber das ist doch ganz klar«, meinte Vecchi. »Der Autor spricht hier davon, daß er sich immer ein abenteuerliches Leben erträumt hat und daß er statt dessen in einer Pizzeria gelandet ist und Pizza am Stück verkauft.«

»Täusche ich mich oder wären die Pizzas dann die IBM-Rechner?« fragte Goretti.

»Das ist sicher so«, ergriff noch einmal Vecchi das Wort. »Die Analogie zwischen der Leichtigkeit, mit der man Stücke verschiedener Größe aus dem Fladen schneiden kann und der Modularität unserer Systeme ist evident. Was den Satz betrifft: ›Meine Damen, essen Sie sie gleich so oder soll ich sie aufwärmen‹, so glaube ich, daß der Autor auf die Monotonie seiner Arbeit anspielen will.«

»Hier ist noch ein poetisches Meisterwerk«, sagte Bergami. »Los, Livarotti, lesen Sie, lesen Sie! Ich muß zugeben, daß Sie sich als Vortragskünstler für Gedichte ganz gut machen.«

Erneuter Seufzer Livarottis.

»Die Nacht steigt / eines nach dem anderen / verlöschen die Fenster / die Liebenden schlafen / Es bleiben sieben Sterne / sie betrachten / einen optimistischen Habenichts / der auf einem verlassenen Platz / mit sich selbst Blindekuh spielt.«

»Bei allem Respekt für den Autor«, platzte Terzaghi heraus. »Aber für mich ist das einfach Blödsinn!«

»Meine Herren«, ergriff Longhi von der Abteilung Sicherheitssysteme das Wort. »Ich habe mich bis jetzt noch nicht geäußert, aber ich fürchte, daß noch eine dritte Arbeitshypothese existiert.«

»Und die wäre?«

»Industriespionage. Diese scheinbar sinnlosen Sätze könnten chiffrierte Nachrichten sein!«

Longhi hatte die fixe Idee der Industriespionage. Wäre es nach ihm gegangen, hätte er alle Angestellten der IBM jeden Abend durchsucht. Sein bevorzugter Zeitvertreib war es, abends nach Büroschluß durch alle Räume zu gehen, um in den Papierkörben zu wühlen. Granelli hatte ihm den Spitznamen ›Mister Müll‹ verpaßt.

»Wie ich schon öfters in streng vertraulichen Schreiben an die betroffenen Personen dargestellt habe«, fuhr Longhi unerbittlich fort, »wurde in der Filiale in Neapel ein starkes Absinken des DCS-Verkaufs festgestellt, und das, nachdem viele unserer Kunden zu privaten Service Centres übergewechselt waren. Also muß man sich die Frage stellen: Wie ist die Konkurrenz an die Liste unserer DCS-Kunden gekommen? Und außerdem: Warum ausgerechnet in Neapel, wo nach den Entwicklungsstatistiken von Livarottis Leuten ein expandierender Markt zu erwarten war? Die Nachrichten können nur aus der Verkaufsdirektion DCS oder aus der Gruppe Absatzplanung nach außen gedrungen sein. Und nun verbessert mich, wenn ich mich täusche. Ist dieser Perrella nicht ursprünglich aus Neapel?«

»Sie müssen entschuldigen, Longhi.« Vecchi wurde ungeduldig. »Aber ich glaube, daß Industriespionage in diesen Fall paßt wie die Faust aufs Auge! Die erste Verhaltensmaßregel für einen Spion heißt doch ›nicht auffallen‹, und Perrella macht hier statt dessen...«

»Vielleicht gerade, um jeden Verdacht von sich abzulenken«, beharrte Longhi.

»Bitte, meine Herren, ich bitte um etwas Ruhe!« schnitt Bergami die Diskussion ab. »Wir sind dabei, uns von der Lösung zu entfernen. Nach allem, was wir bis jetzt wissen, und nachdem wir Insubordination ausgeschlossen haben, bleibt uns nur die Krankheit, und da nun einmal die einzige Person, zu der man nicht sagen kann: ›Du bist verrückt‹, der Verrückte selbst ist, bleibt uns nur die Möglichkeit, Kontakt mit einem Mitglied seiner Familie aufzunehmen. Wenn Perrella im Büro zwitschert, wird er wahrscheinlich auch zu Hause zwitschern. Kurz, wenn wir schon Zwang ausüben müssen, brauchen wir unbedingt eine freiwillige Kündigung Perrellas. Diese Lösung könnte durch einen finanziellen Anreiz erleichtert werden, den die IBM ITALIA in liberaler Gesinnung aussetzen würde, um einem ehemaligen Angestellten in einer schwierigen Situation entgegenzukommen. Problem Nummer eins: den richtigen Gesprächspartner finden. Livarotti, kennen Sie Perrellas Frau?«

»Ja, während eines *family diners* habe ich sie mal kennengelernt. Ehrlich gestanden scheint sie mir ein ziemlicher Snob zu sein. Allerdings kenne ich sie nicht sehr gut. Aber ich habe beruflich Kontakte mit seinem Schwager gehabt.«

»Was ist das für ein Typ?«

»Man kann ihn getrost als einen üblen Geschäftemacher bezeichnen.«

»Also wäre er für uns der richtige Mann.«

»Nun ja, nicht so ganz«, antwortete Livarotti. »Er ist ein Mann ohne Skrupel. Als ich Direktor der Filiale in Verona war, bot er sich als Berater in einem Geschäft an, in dem es um eine 370er für die Region ging. Ohne viel drumrumzureden, teilte er mir mit, daß wir eine Summe von 50 Millionen rausrücken müßten, um die Ausschreibung zu gewinnen. Nach meiner Bekräftigung, daß die IBM in der ganzen Welt berühmt dafür ist, in Verkaufsverhandlungen niemals den Weg der Bestechung versucht zu haben, fiel ihm nichts Besseres ein, als mir auch 5 Millionen anzubieten, wenn ich mich entsprechend einsetzen würde. So ein Typ ist das!«

»Mir dagegen scheint er genau die geeignete Person, um eine Operation wie die unsrige sicher über die Runden zu bringen«, schloß Bergami. »Setzen Sie sich mit ihm in Verbindung, und damit erkläre ich die Versammlung für beendet.«

Alle erhoben sich gleichzeitig. Terzaghi stürzte ans Telefon, Livarotti goß sich ein Glas Mineralwasser ein, Longhi, etwas verdrossen, weil Bergami ihn geschnitten hatte, packte Casandrini am Arm und sagte im Hinausgehen:

»Wissen Sie, mein Lieber, meine Hypothese ist die folgende: ein Satz wie ›Die Nacht steigt, sieben Sterne bleiben, um zu schauen‹ könnte verschlüsselt bedeuten: ›Achtung, die IBM wird die Leasinggebühren um sieben Prozent heraufsetzen.‹ Nun ist es kein Zufall, daß die nächste Erhöhung der Leasinggebühren tatsächlich sieben Prozent beträgt! Natürlich, das sind Hypothesen, die in ihren Einzelheiten zu belegen wären...«

14

Seit er damals zusammen mit dem Professor in der Villa Pamphili gewesen war, kam Luca ohne Bäume nicht mehr aus. Kaum nach Mailand zurückgekehrt, machte er sich auf die Suche nach einem »Baumfreund«, mit dem er eine tägliche, einfühlsame Beziehung unterhalten könnte. Da ihn die Schönheit der Tamariske in Rom beeindruckt hatte, versuchte er, eine ähnliche in Mailand zu finden, aber er hatte kein Glück: Er ging in den Parco Lambro, in den Parco Sempione, in den Parco Forlanini und sogar in den königlichen Park von Monza, ohne auch nur eine zu Gesicht zu bekommen. Die meisten Personen, die er um Auskunft bat, wußten nicht einmal etwas von der Existenz der Tamarisken. Und so gab er irgendwann die Suche nach der Tamariske auf, und es fiel ihm ein Baum ein, den er im Mailänder Stadtpark gesehen hatte. Wegen der Farbe seiner Blätter lief er in seiner Erinnerung unter dem Namen »der goldene Baum«.

Als er in den Stadtpark kam, entdeckte er, daß der fragliche Baum eine Esche war und nur im Herbst goldene Blätter trug. Trotzdem erwählte er ihn zu seinem »Baumfreund« und machte es sich zur Gewohnheit, ihn jeden Abend nach der Arbeit zu »besuchen«. Genau gegenüber der Esche stand eine Bank, und gegen sechs Uhr war das ein recht ruhiges Plätzchen. Nur morgens gab es Probleme, wenn der Stadtpark von Kinderscharen, Müttern und farbigen Kindermädchen buchstäblich überschwemmt wurde. An jenem Tag hatte das unsichere Wetter viele Familien dazu veranlaßt, am Wochenende nicht wegzufahren, und so oft er auch um die Esche herumging, gelang es ihm doch nicht, eine freie Bank zu finden. Hinzu kam, daß er zu Hause einen Brief von Professor Pellegrini vorgefunden hatte, den er absichtlich noch nicht geöffnet hatte, denn er wollte ihn in dieser Umgebung lesen, die so sehr der Prosa seines Freundes entsprach.

Er bummelte ein wenig die Wege entlang und wartete darauf, daß seine Lieblingsbank frei würde; schließlich beschloß er, sich auf einer Wiese neben einer Buchsbaumhecke auf die Erde zu setzen. Er zog den Brief aus der Tasche und begann zu lesen.

Liebster verehrter Dottore,

Ich versichere Ihnen, daß ich zutiefst bewegt war, als Sie mich anriefen, um mir mitzuteilen, daß Sie eine Esche zum Gefährten Ihrer Gedanken erwählt haben. Denken Sie nur, eine Esche! Fraxinus excelsior, wie unsere römischen Vorfahren sagten. Die Esche ist der beliebteste Baum in den Sagen der Wikinger: Man erzählt sich, daß ihre Zweige über die Himmel hinausragen und daß ihre Wurzeln tiefer reichen als die Unterwelt; es heißt, daß stets ein Adler in ihrem Wipfel Ausschau hält und daß ein Drache zu ihren Füßen wacht und daß zwischen ihnen beiden ein blitzschnelles Eichhörnchen stets den Stamm hinauf- und hinunterklettert. Aber die schönste aller Sagen über die Esche finden Sie in der isländischen Edda: die Geschichte von Yggdrasil.

Die Skalden des 13. Jahrhunderts sangen davon, daß in Island inmitten des ewigen Eises ein unzugänglicher See liegt, der von Wäldern ganz umgeben ist und an dessen Ufern sich Yggdrasil erhebt, die höchste Esche der Welt. Das Tal von Yggdrasil wird von einem Elfenstamm bewohnt, der die Aufgabe hat, immerfort den Mond zu waschen. Jede Nacht klettern die Elfen die Zweige der großen Esche hinauf und holen ein Stück Mond herunter, jede Nacht wird ein Stück Mond von den Elfenfrauen gewaschen und dann zum Trocknen an das

Seeufer gelegt. Ist ihre mühsame Arbeit beendet, tragen die Elfenwäscherinnen Stück für Stück alle Teile des Mondes wieder zurück in den Himmel, und der Mond leuchtet heller und schöner als zuvor. Kein menschliches Wesen hat je den See von Yggdrasil gesehen, aber man erzählt sich, daß einige Flieger, die in großer Höhe Island überflogen haben, inmitten der Wälder etwas leuchten sahen, das aussah wie ein Viertel Mond.

In der Hoffnung, Sie in Rom wiederzusehen und mit Ihnen wieder in die Villa Pamphili gehen zu können, grüße ich Sie herzlich und bitte Sie, Ihrer Frau meine besten Empfehlungen auszurichten.

Gianbattista Pellegrini

Luca steckte den Brief sorgfältig wieder in die Tasche und zog eine Papiertüte hervor. Jeden Morgen kamen gerade dorthin, wo er saß, ein paar Spatzen, und er brachte ihnen immer etwas Futter mit. Leider wurde der Weg von einem Mädchen mit Beschlag belegt, das ständig herumlief und mit einem Ball auf Plastikkegel warf. Luca begann, das Futter auszustreuen, und sofort kamen die ersten Spatzen angeflogen. An diesem Morgen jedoch kamen die Vögelchen nicht näher, sie flogen nur kurz heran: zwei Hüpfer, ein Picken, und fort, wieder zurück in die Sicherheit der Bäume. Luca war überzeugt, daß sie ihn wiedererkannt hatten, aber aus Angst vor dem Ball blieben die Spatzen nicht länger als unbedingt nötig. Sicher war das Mädchen nett anzusehen, gewiß, aber aus der Sicht eines Spatzen war es ein Ungeheuer, eine Art King Kong. Vertieft in solche Überlegungen, zog sich Luca instinktiv immer tiefer in die Hecke zurück, an der er saß, und versuchte, sich so hinzuhocken, daß er den Weg aus der tiefstmöglichen Perspektive sah, gerade, als wäre er selbst ein Spatz.

»Mamma, Mamma, ein böser Mann! Dort, unter dem Busch.«

Und nun überstürzten sich die Ereignisse: Innerhalb

weniger Sekunden war Luca umringt von einer Schar wütender Frauen, die alle gleichzeitig auf ihn einschrien:

»Schämen Sie sich!«

»Ruft die Polizei!«

»Dreckschwein!«

»Aber was hat er denn getan?«

»Perversling!«

»Für manche Leute müßte es die Todesstrafe geben.«

Luca duckte sich, in der absurden Hoffnung, mit ihr zu verschmelzen, noch tiefer in die Hecke. Zu seinem Glück erschienen tatsächlich zwei Polizisten, und einer bückte sich und packte ihn am Arm. Der Eingriff des Gesetzes erhitzte die Gruppe der Mütter nur noch mehr, und sie versuchten, kurzen Prozeß zu machen. Die beiden Ordnungshüter verteidigten ihn sehr energisch, verteilten Hiebe und schrien so laut sie konnten: »Weitergehen, weitergehen, es ist nichts passiert. Bitte weitergehen, nur die Zeugen sollen hierbleiben.« Dann, an Luca gewandt: »Was haben Sie da im Busch gemacht?«

»Gar nichts, ich habe dem Mädchen zugesehen.«

Diese Antwort entrüstete einige der Frauen noch mehr, und sie versuchten erneut, sich auf den Unhold zu stürzen.

»Zwischen die Sträucher gekauert?« fragte einer der Polizisten und warf einen Blick auf Lucas Hose, um festzustellen, ob sie offenstand.

»Ja, zwischen die Sträucher gekauert.«

Das Mädchen war verschreckt durch das Durcheinander, das es selbst provoziert hatte, und schluchzte herzzerreißend in den Armen seiner Mutter.

»Was hat dir der Mann getan?« fragte einer der Polizisten.

»Er hat mir angst gemacht«, antwortete das Mädchen und brach in Tränen aus, was zur weiteren Entrüstung der Umstehenden beitrug.

»Zeigen Sie mir Ihren Ausweis!« befahl der Polizist Luca.

»*Piep piep piep piep... kurrù kurrù... piep piep... kurùùùùù.*«

Eine halbe Stunde später saß er im Polizeikommissariat. Mutter und Kind hatten sich geweigert, zu einer Aussage aufs Revier zu kommen, da die Kleine, wie ihre Mutter erklärt hatte, noch unter Schock stand. Der Kommissar war ein gutmütiger Mensch und im Gegensatz zu seinen Polizisten davon überzeugt, daß Luca eher ein Spinner als ein Exhibitionist war. Aus dem Brief von Professor Pellegrini, den sie in seinen Taschen fanden, gelang es ihnen, seine Adresse ausfindig zu machen und dann, unter einigen Mühen, auch seine Telefonnummer. Man benachrichtigte seine Frau.

»Hören Sie, Dottor Perrella«, sagte ihm der Kommissar in gutmütigem Ton, »bis jetzt hat Sie noch keiner wegen unzüchtigen Verhaltens in der Öffentlichkeit angezeigt, seien Sie also vernünftig: Unterschreiben Sie mir diese Aussage, in der Sie erklären, daß Sie sich in die Büsche des Stadtparks hockten, da Sie ein plötzliches und unaufschiebbares körperliches Bedürfnis verspürten. Sie müssen nur eine winzigkleine Strafe zahlen, und die ganze Sache ist erledigt.«

Luca antwortete nicht. Seit er den Fuß in das Kommissariat gesetzt hatte, hatte er sich geweigert zu sprechen. Seine seelische Verfassung entsprach der eines Menschen, der zutiefst verletzt worden ist. Wahrscheinlich hatte ihn die Sicherheit betroffen gemacht, mit der alle Leute im Park bereit waren zu schwören, daß er ein Sexualverbrecher war.

»Hören Sie mich, Dottor Perrella?« versuchte es der Kommissar nochmals, »ich wiederhole Ihnen die Erklärung, die Sie mir unterschreiben müßten: ›Der Unterzeichnete, Perrella Luca, Sohn des verstorbenen Alfonso, geboren in Neapel am 20.5.38 und wohnhaft in Mailand, Via Mario Pagano 25, erklärt, daß er um 10.30 Uhr des heutigen Tages, den 4.6.80, im Stadtpark von Mailand durch ein unaufschiebbares körperliches Bedürfnis gezwungen war, sich hinter ein Gebüsch in besagtem Park zu hocken. Hochachtungsvoll...‹ Also setzen Sie Ihre Unterschrift hier drunter, und dann lasse ich Sie nach Hause bringen.«

Luca antwortete nicht. Er sah zuerst seine Frau in Begleitung des Barons Candiani ankommen, dann die Gräfin Marangoni mit einem befreundeten Anwalt, dann schließlich seinen Schwager, der sich mit dem Zeigefinger an die Stirn tippte und mit diesem deutlichen Zeichen dem Kommissar bedeuten wollte, daß dieser Perrella nicht alle Tassen im Schrank habe. Alle redeten gleichzeitig, jeder versuchte auf seine Art, Luca dazu zu bringen, das unaufschiebbare Bedürfnis zuzugeben, aber da war nichts zu machen: er blieb unbeugsam, eher hätte er ein Lebenslänglich akzeptiert, bevor er gelogen hätte! In der Zwischenzeit liefen per Telefon in viertelstündlichen Abständen Referenzen ein; das hatte die Gräfin Marangoni organisiert. Zuerst ein stellvertretender Polizeichef, dann General Castagna und dann sogar ein Präfekt aus dem Innenministerium in Rom, die den Kommissar seinerseits beinah unter Anklage stellten.

»Sicherlich Exzellenz... wird erledigt«, antwortete der Kommissar. »Nein, es wurde keine Anzeige erstattet... Er ist nicht verhaftet... Es ist nur... es ist nur eine Festnahme zu Ermittlungszwecken... Sicher, Exzellenz... Sicher... mit den besten Empfehlungen.«

Während der Kommissar damit beschäftigt war, sich vor den großen Tieren des Ministeriums zu verteidigen, geschah etwas Seltsames: Luca drehte sich plötzlich um und merkte, daß Baron Candiani seinen Arm um Elisabettas Taille gelegt hatte und völlig unbefangen ihre Brust mit den Fingerspitzen streichelte. Wahrscheinlich, so dachte Luca, hatte das Telefonat des Kommissars eine Idylle unterbrochen. Anders hätte er sich nicht erklären können, was Baron Candiani um elf Uhr morgens in seinem Haus zu suchen hatte. Er selbst war fortgewesen, sein Schwager ebenfalls, die Kinder waren mit Maricò zu den Verwandten nach Rapallo gefahren... Und sie waren alleine geblieben... Ja, sie waren zum Turteln alleine geblieben... Zwei Turteltauben! Diese *love story* aus Begegnungen in der Küche und mißglückten *slams*, weil die *atouts* nicht ausgespielt waren, brachten ihn dazu, seine Ansichten über seine Frau zu überdenken. Ehebrecherin hin, Ehebrecherin her, die Tatsache, daß sie ihren Liebesempfindungen nachgegeben hatte, sprach sie von der Anklage frei, nur eine dumme Gans und dem Konsumwahn und dem mondänen Leben verfallen zu sein. Schade, daß der Baron so ein Widerling war!

»Los, unterschreib und mach nicht so viel Theater!« fuhr ihn Elisabetta an und löste sich aus der Umarmung des Barons.

Luca sagte kein Wort, stand nur auf, verschränkte die Arme und steckte die Hände unter die Achseln, um zu betonen, daß er nichts, aber auch gar nichts unterschreiben würde. Alle machten einen großen Aufstand, um ihn zu überzeugen; die Ermahnungen reichten vom: »Los, Dottore, seien Sie doch nicht kindisch«, der Gräfin Marangoni bis zum: »Unterschreib und geh uns nicht weiter auf den Wecker!« des weniger diplomatischen Franco Del Sorbo. Bis sich dann Luca ganz unerwartet entschloß zu sprechen: »Ich möchte eine Erklärung abgeben.«

Alle schwiegen und warteten. Der Kommissar ging wieder an seinen Schreibtisch, setzte sich dahinter und griff nach Papier und Stift, bereit, die Erklärung Lucas aufzuschreiben.

»Bitte, Dottore, sprechen Sie.«

Luca räusperte sich und begann dann: »*Piep piep piep piep piep ... tschiwie tschiwie ... piep piep piiiep.*«

Dann hüpfte er wie ein Spatz um die Anwesenden herum, und als er hinter dem Baron Candiani stand, versetzte er ihm einen Tritt in den Hintern.

15

»Sie müssen schon entschuldigen«, sagte Livarotti, »wenn ich mich mit Ihnen hier in einer Kaffeebar in der Galleria verabredet habe, aber Sie werden gleich selbst verstehen, daß mein Büro nicht der richtige Ort gewesen wäre, um ein so heikles Problem wie das, das ich mit Ihnen diskutieren möchte, anzugehen.«

»Machen Sie sich darum nur keine Gedanken«, antwortete ihm Franco Del Sorbo, »ich bin ein Mensch, der noch nie viel Wert auf Äußerlichkeiten gelegt hat. Abgesehen davon können Sie getrost davon ausgehen, daß ich Ihnen hier oder anderswo jederzeit voll zur Verfügung stehe.«

»Ich wollte nur erklären«, fuhr Livarotti in seiner etwas gespreizten Art fort, »daß ich es vorgezogen habe, Sie hier in einer Bar und nicht in meinem Büro zu treffen, um zu vermeiden...«

»Ich verstehe vollkommen«, unterbrach ihn Del Sorbo, »aber ich wiederhole, Ingegnere, machen Sie sich keine Sorgen, und kommen wir zum Kern der Sache. Sagen Sie mir lieber: Worum geht es?«

»Ich möchte vorausschicken, daß dieses Gespräch momentan eine rein persönliche Initiative meinerseits darstellt, was nicht ausschließt, daß die Firma sich möglicherweise später meiner Meinung anschließt.«

»Hören Sie zu, Livarotti, Sie haben zu viele Skrupel. Vielleicht darf ich Sie daran erinnern, daß der alte Franco Del Sorbo in erster Linie ein Geschäftsmann ist. Egal, was auch immer Sie vorschlagen wollen, halten Sie sich immer folgendes vor Augen: erstens, ich schweige wie ein Grab, und zweitens, ich lebe und lasse leben; oder einfacher ausgedrückt, mein lieber Livarotti, wo es was zu verdienen gibt, laß ich den anderen auch nicht leer ausgehen.«

Livarotti bemühte sich, das Unbehagen zu verbergen, das diese Unterhaltung ihm bereitete. »Ich fürchte, Dottore, Sie werden enttäuscht sein, wenn Sie den Grund unseres Treffens erfahren.«

»Nun, wenn Sie sich nicht entschließen können zu reden, werde ich bestimmt enttäuscht sein!« entgegnete Del Sorbo ungeduldig.

Der Kellner kam und nahm ihre Bestellungen auf. Livarotti bestellte einen Bitter, einen Rabarbaro und Del Sorbo einen Kaffee. Es war elf Uhr früh, und die beiden hatten sich an einen Tisch der Bar Zucca in der Galleria gesetzt.

»Das Problem ist folgendes«, begann Livarotti, kaum daß der Kellner gegangen war. »Wie Sie wissen, ist Ihr Schwager, Dottor Perrella, einer meiner engsten Mitarbeiter. Ich schicke voraus, daß Dottor Perrella ein außerordentlich wertvoller Angestellter der Firma ist, genau, pünktlich, unpolitisch, kurz: ein hervorragender Mensch; und doch zeigte er in der letzten Zeit ein Verhalten, das... wie soll ich sagen... anomal... sagen wir eher ungewöhnlich ist... das ist es, genau das: ein ungewöhnliches Verhalten.«

»Ich verstehe: Sie wollen sagen, daß mein Schwager sich von Zeit zu Zeit eins pfeift?«

»Genau das wollte ich sagen. Ich bin froh, daß Sie in der Familie die gleichen Absonderlichkeiten Dottor Perrellas beobachtet haben, denn so wird es mir leichter fallen, Ihnen meine Ansicht darzulegen.«

»Aber was kann ich Ihrer Meinung nach tun?« fragte Del Sorbo. »Wollen Sie vielleicht, daß ich meinem Schwager sage, daß er nicht zwitschern darf? Und glauben Sie etwa, daß der dann auf mich hört?«

»Nein, Dottore, aber Sie müssen verstehen, in was für einer Situation sich die Firma befindet: Das Verhalten Ihres Schwagers ist ganz objektiv betrachtet nicht normal, und vielleicht sollte sich auch seine Familie darüber mehr Gedanken machen, denn sollte sich dieses Phänomen verstärken, könnte die IBM ITALIA ein psychiatrisches Gutachten verlangen mit all den Konsequenzen, die ein negativer Befund mit sich bringen könnte.«

»Was wollen Sie damit sagen: wollt ihr ihm kündigen?«

»Nein, das nicht; sollte sich jedoch Ihr Schwager – selbstverständlich ganz freiwillig – dazu entschließen, seine Kündigung einzureichen... verstehen Sie, ich glaube sagen zu können, daß die Firma sich dem nicht nur nicht widersetzen würde, sondern ganz im Gegenteil, sie käme dem kündigenden Angestellten entgegen, indem sie ihm, sagen wir mal so, eine außerordentliche Entschädigung zukommen lassen würde, steuerfrei, die zu seiner vollen Zufriedenheit ausfallen würde.«

»Steuerfrei? Das heißt schwarz?«

»Nein, um Gottes willen, nicht schwarz! Das Wort ›schwarz‹ gibt es nicht bei der IBM. Wenn ich von einer außerordentlichen, oder, wenn Sie es vorziehen, einer steuerfreien Entschädigung sprach, so ging es mir nur darum, keinen Präzedenzfall für die Abfindungen innerhalb der Firma zu schaffen, und außerdem, wenn Sie gestatten, wäre es auch für Ihren Schwager nicht sehr schön, wenn man eines Tages erfahren würde, daß die IBM ITALIA ihm eine Superabfindung gezahlt hat, um ihn loszuwerden.«

Der Kellner unterbrach von neuem die Unterhaltung und stellte den Rabarbaro und den Kaffee auf den Tisch. Livarotti beobachtete ihn besorgt: Er hatte soeben das Wort IBM ausgesprochen, und Longhi hatte ihm in seinen Kursen über ›Verhalten und Sicherheit‹ eingetrichtert, daß man in der Öffentlichkeit niemals über Büroprobleme sprechen dürfe.

»Und wie hoch wäre diese Abfindung?« erkundigte sich

Franco Del Sorbo, der den Dingen gerne gleich auf den Grund ging.

»Ich habe alle Akten mitgebracht, die sich auf die Abfindung von Dottor Perrella beziehen.« Und Livarotti zog aus einer Tasche aus Robbenleder mit dem IBM-Zeichen einige dicht mit Zahlen beschriebene Blätter. »Also, mit der Abfindung für 18 Arbeitsjahre in der Firma und den Gehältern für die Zeit der Kündigungsfrist kommen wir auf schöne runde 64 Millionen. Die IBM wäre nun in besonderer Freigebigkeit bereit, diese Summe auf hundert Millionen aufzurunden und würde diese zusätzlichen 36 Millionen für eine statistische Untersuchung überweisen, die noch genauer zu definieren wäre. Was diesen fiktiven ›job‹ anbelangt, so ist klar, daß Dottor Perrella ihn nie zu Ende zu bringen bräuchte, während ihm über die 36 Millionen sofort, nach Ausstellung einer ordnungsgemäßen Rechnung, ein Barscheck ausgestellt würde, mehrwertsteuerfrei, zu zahlen nur noch die gesetzlichen Abgaben. All das unter der Voraussetzung, daß uns Dottor Perrella noch innerhalb dieses Monats sein Kündigungsschreiben zukommen läßt.«

Franco Del Sorbo brach in sein berühmtes ordinäres Lachen aus, das die Gräfin Marangoni so sehr an ihm haßte, und schlug noch dazu mit der Faust so heftig auf den Tisch, daß der Rabarbaro, den der arme Livarotti noch nicht einmal probiert hatte, überschwappte.

»Mein lieber Livarotti, das könnte der IBM so passen, sich mit lumpigen dreißig Millionen einen Störenfried vom Kaliber meines Schwagers vom Hals zu schaffen! Ist Ihnen denn überhaupt klar, daß Luca Perrella – in aller Bescheidenheit – eine wirkliche und wahrhaftige Bedrohung für das Ansehen der ganzen IBM darstellt? Wissen Sie, was er kürzlich im Stadtpark angestellt hat?«

»Nein, was hat er denn gemacht?«

»Lassen wir das, und kehren wir zu unseren Geschäften zurück. Also, Sie gehen jetzt in Ihr Büro zurück und sagen Ihren Vorgesetzten, daß sie mindestens 300 Millionen rausrücken müssen, eine hübsch auf der anderen, und ich verpflichte mich, meine Schwägerin, Signora Perrella, davon zu überzeugen, daß sie ihn zur Kündigung veranlassen muß.«

»300 Millionen!? Sie sind wohl verrückt geworden! Nicht einmal Dottor Bergami bekommt eine Abfindung von 300 Millionen!«

»Das glaube ich gerne! Ich kenne diesen Bergami nicht, aber ich vermute, daß er eine tragende Säule der Firma ist, also sehe ich keinerlei Grund, ihm eine so hohe Abfindung zu zahlen, um ihn zum Weggehen zu ermutigen. Im Fall meines Schwagers jedoch werdet ihr eine Pestbeule los, die noch unabsehbare Konsequenzen nach sich ziehen könnte.«

»Sie sind zu streng mit Ihrem Schwager, und ich fürchte, daß Sie augenblicklich nicht in seinem Interesse handeln. Denn für den Fall, daß sich der Geisteszustand von Dottor Perrella verschlechtern sollte, ist nicht auszuschließen, daß sich die Firma eines schlimmen Tages gezwungen sieht, eine Kündigung wegen geistiger Unzurechnungsfähigkeit einzuleiten.«

»Was euch teurer käme als das, was ich verlange«, grinste Franco Del Sorbo. »Nehmen wir an, daß ein Jahr verstreicht, bis sich die geistige Verfassung meines Schwagers verschlechtert und bis Sie diese Unannehmlichkeit Ihren Vorgesetzten melden können. Zunächst einmal müßtet ihr jemanden finden, der bereit ist, seine Unterschrift unter ein Kündigungsschreiben zu setzen, das einen Arbeitnehmer betrifft, der unter einer nervösen Störung leidet, die er sich wahrscheinlich am Arbeitsplatz zugezogen hat. Und wenn zweitens Dottor Perrella seine speziellen Aufgaben auf beispielhafte Weise erledigt (das haben Sie gesagt!), dann wird es nicht leicht sein, ihm geistige Unzurechnungsfähigkeit nachzuweisen. Und selbst wenn es euch gelingt, einen für euch günstigen medizinischen Befund zu bekommen, würden wir jedenfalls dagegen vorgehen und euch vor Gericht ziehen. Lieber Livarotti, bei all dem Hin und Her vergehen mindestens drei Jahre, und ihr bezahlt inzwischen das reguläre Gehalt weiter, Monat für Monat.

Nehmen wir mal an, daß ein leitender Angestellter der IBM ITALIA rund 36 Millionen im Jahr verdient, zählen wir die Abgaben und die allgemeinen Kosten dazu, Sekretärinnen, Telefon, Kantine usw. usf., und wir kommen für die Firma auf durchschnittliche Kosten von achtzig Millionen, verbessern Sie mich, wenn ich mich täusche, das Ganze mal drei, zählen Sie noch zwölf Monate Kündigungsfrist dazu und dann schauen Sie, ob wir nicht bei den 300 Millionen ankommen, von denen ich gesprochen habe.«

Livarotti antwortete nicht; offen gestanden hatte er keinen Del Sorbo erwartet, der zu diesem Thema so gut gerüstet war. Mit Schrecken dachte er an den Moment, in dem er Dottor Bergami von der Forderung würde berichten müssen. 300 Millionen! Das sollte ja wohl ein Scherz sein. Für 300 Millionen hätte er, Livarotti, nicht nur gezwitschert, sondern auch noch ein Ei gelegt.

»Im Gegenteil, wissen Sie, was ich Ihnen sage?« erzürnte sich Del Sorbo. »Daß 300 Millionen, wenn ich mir das genau überlege, nicht ausreichend sind, um uns eine Zukunft zu sichern.«

»Was soll das heißen?«

»Ich will folgendes sagen: Versetzen wir uns in die Lage meines Schwagers. Einmal weg von der IBM, hat Luca keine Arbeit mehr und nicht die geringste Chance, eine neue zu finden...«

»Ja, aber er hätte 300 Millionen in der Tasche (nicht, daß die IBM sie ihm jemals geben wird), und 300 Millionen bedeuten in etwa 40 Millionen Zinsen im Jahr, und entschuldigen Sie, wenn das wenig sein soll!«

»Eine neue Energiekrise, eine schöne kleine Inflation und ade ihr 300 Millionen! Sie werden sich erinnern, daß man im Jahre 1923 in Deutschland für eine Milliarde gerade eben ein Päckchen Zigaretten bekam?«

»Also?«

»Man könnte eine andere Lösung überlegen, günstiger für die IBM und sicherer für meinen Schwager: Die Summe könnte zum Beispiel auf zweihundert Millionen reduziert werden und dafür könnte man ihm die Möglichkeit geben, sich durch Arbeit etwas dazuzuverdienen.«

»Und wie?«

»Ich habe gehört, daß die IBM für den Bereich Schreibmaschinen mit dem Verkaufsnetz nicht das ganze nationale Territorium abdeckt und für einige Randbezirke Unteragenten beschäftigt.«

»Ja, in der Tat hat die Firma es aus logistischen Gründen vorgezogen, den Verkauf in einigen Provinzen an Privatleute zu vergeben.«

»Ausgezeichnet. Also mein Vorschlag wäre der: 200 Millionen und eine Verkaufskonzession für IBM-Schreibmaschinen für die Firma Del Sorbo-Perrella in jenen norditalienischen Provinzen, die nicht von einer eurer Verkaufszentralen abgedeckt werden.«

»Man könnte eine solche Lösung in Betracht ziehen, Sie müssen sich jedoch im klaren darüber sein, daß die Firma in solchen Fällen technische und geschäftliche Garantien verlangt, die...«

»...die in vollem Umfang zugesichert werden«, sagte Del Sorbo. »Was die geschäftliche Seite betrifft, so verfüge ich, ohne mich rühmen zu wollen, über eine mehr als zwanzigjährige Erfahrung, und vom technischen Standpunkt aus betrachtet hättet ihr die Garantie der Mitarbeit eines Experten wie Dottor Perrella, unter anderem ein ehemaliger leitender Angestellter von euch. Glauben Sie mir, lieber Livarotti, durch Sie ist die IBM ITALIA augenblicklich dabei, ein großartiges Geschäft zu machen!«

»Mag sein!« sagte Livarotti und sah auf die Uhr. »Dottore, Sie müssen mich entschuldigen, aber es ist spät geworden; verbleiben wir so: Ich werde über Ihre Forderungen berichten und Ihnen so bald wie möglich Bescheid geben.«

Die beiden Männer standen auf und machten sich auf den Weg in Richtung Piazza del Duomo. Sie gingen noch ein

Stückchen gemeinsam und verabschiedeten sich dann am Eingang zur U-Bahn voneinander.

Während er ins Büro zurückfuhr, überdachte Livarotti noch einmal das Gespräch: Er hatte das Gefühl, die erste Runde verloren zu haben. Nun gut, er würde Bergami von der absurden Forderung, den 300 Millionen, berichten. Sicher wollte er jedoch nicht für die Rechnung, die er in der Kaffeebar bezahlt hatte, persönlich aufkommen müssen: Er nahm die Quittung aus der Tasche und steckte sie mit dem Gedanken an die nächste Spesenabrechnung sorgfältig in seine Brieftasche.

16

Bezüge über die Sessel, Pelze und Schmuck auf die Bank, die Badetasche samt Flossen und Tauchermaske, Sonnenöl und Cremes für Maricò, Elisabettas Krimis und natürlich die Bridgekarten: Bloß nichts vergessen! Der Tag der Abreise rückte immer näher, und die Wohnung nahm zusehends jenes gespenstische Aussehen an, das Wohnungen eigen ist, wenn man sie für die Ferienzeit verläßt. Die letzten Tage waren den unumgänglichen Einkäufen gewidmet. Nicht etwa, weil man dort nicht auch alles bekommen hätte, sondern weil Maricò erklärte, es sei eine Sache, in Mailand einzukaufen, wo man weiß, bei wem man kauft, und eine ganz andere, sich am Ferienort ausnehmen zu lassen, als wären sie Touristen.

»Luca, Lucaaa! Heiliger Himmel, steh doch nicht so rum, ohne was zu tun! Mach dich gefälligst auch nützlich«, schrie Elisabetta, während sie versuchte, die Geschenke für die reichen Verwandten in Rapallo in einem Koffer unterzubringen.

»Und was soll ich tun?«

»Was soll ich tun, was soll ich tun! Mir sagt keiner, was ich tun soll, und ich tu's trotzdem! Klar? Was weiß ich, was du tun sollst: kümmere dich ums Auto, kontrolliere Öl und Wasser, kurz, mach einfach all das, woran ihr sonst immer erst denkt, wenn wir schon auf der Autobahn sind, und weswegen ihr uns dann vor Hitze im Auto umkommen laßt!«

»Wann fahren wir los?«

»Franco sagt, es ist besser am Nachmittag: Wir verlieren dann zwar einen Tag am Meer, ersparen uns dafür aber eine

Menge Streß. Überleg bloß mal, ausgerechnet heute: es ist Samstag und der 2. August, da ist ganz Mailand auf der Autobahn.«

»Jeden Sommer das gleiche Theater«, bemerkte Maricò, auch sie beschäftigt mit Koffern und Päckchen. »Ich begreife nicht, warum ihr zwei partout nicht nachts fahren wollt. Dann ist es wenigstens kühler, und es gibt auch keine Staus auf der Autobahn; und was Chicca betrifft, die schläft überall: ob zuhause oder im Auto ist ihr egal. A propos, wo ist Chicca? Chiccaaaa...! Luca, tu mir den Gefallen, such Chicca, geh mit ihr zur Standa, kauf ihr ein Segelboot, das für 6000 Lire, und laß dich nur nicht überreden, was anderes zu nehmen. Geh gleich los, dann seid ihr mittags wieder hier.«

Und so kam es, daß Onkel und Nichte ins Kaufhaus gingen, Abteilung Meer, auf der Suche nach einem Segelboot. Dort jedoch lief es nicht so ganz nach Maricòs Wünschen ab: Chicca behauptete, daß das Segelboot für 6000 Lire fürchterlich häßlich sei, und am Tag zuvor habe sie in einem anderen Geschäft ein Segelboot gesehen, und das habe sie ›gerufen‹.

»Zio Cardellino, ich schwör's dir, es war wirklich so! Gestern bin ich mit der Mamma an einem Spielzeugladen in der Via Manzoni vorbeigegangen. Im Schaufenster war ein wunderschönes Segelboot, das hatte sogar eine italienische Fahne. Als es mich gesehen hat, fing das Schiff an zu rufen: ›Nimm mich mit, nimm mich mit, ich will bei dir bleiben!‹.«

Kaum waren sie aus dem Geschäft draußen, da verfingen sie sich im zweiten Stolperdraht dieses Tages: Chicca, die nun ihr Schiff bekommen hatte, wollte es auch segeln sehen. Vergeblich versuchte Luca sie zu überzeugen, daß sie sich schließlich nur einen Tag gedulden müsse, bis sie am Meer wären; der Park lag grade um die Ecke, und das Brunnenbecken übte eine zu große Anziehungskraft auf ein kleines Mädchen wie Chicca aus, als daß sie noch 24 Stunden hätte warten können. Luca hatte übrigens seit jenem Vorfall keinen Fuß mehr in den Park gesetzt, und nun fürchtete er, einer der Megären zu begegnen, die versucht hatten, ihn zu lynchen. Er tat alles, um Chicca davon abzubringen, sagte, es sei schon spät, die Mamma würde böse werden, daß sie vielleicht um diese Zeit schon ohne sie unterwegs zum Meer wären. Aber es half alles nichts: sie gingen in den Park, setzten das Boot ins Becken, und zu Chiccas Freude und dem Neid der anderen Kinder sahen sie es fröhlich dahinsegeln.

Luca setzte sich auf eine Bank vor dem Becken; er wartete voller Sorge darauf, daß seine Nichte aufhören würde zu spielen, und versuchte, sich nach Möglichkeit nicht umzusehen.

»Zio Cardellino«, sagte Chicca und setzte sich mit dem tropfnassen Boot im Arm neben ihn, »ist es wahr, daß mein Boot das schönste auf der ganzen Welt ist?«

»Ja, es ist sehr schön, aber jetzt müssen wir gehen.«

»Glaubst du, Zio, daß ein solches Boot es schaffen könnte, bis nach Ägypten zu segeln?«

»Sicher, aber dann dürfte es niemals in einen Sturm geraten.«

»Wenn es sich auf das Boot setzen würde, könnte also ein winzig kleines Vögelchen wie Rotflöckchen bis nach Ägypten kommen, ohne müde zu werden?«

»Ja, aber jetzt gehen wir nach Hause.«

»Sag, Zio Cardellino, zeigst du mir den Baum, auf dem Rotflöckchen sein Nest hat?«

»Aber Rotflöckchens Baum steht nicht hier, er wächst in einem anderen Park.«

»Erzählst du mir dann eine neue Geschichte von Rotflöckchen?«

»Ich erzähle sie dir auf dem Heimweg.«

»Nein, erzähle sie mir hier, und dann, das verspreche ich dir, gehen wir nach Hause.«

»Na gut, aber denk daran, du hast es versprochen! Also, du mußt wissen, daß Rotflöckchen einmal auf eine wunderschöne Insel gelangte.«

»Nach Ischia?«

»Nein, es war eine Insel, auf der nur Vögel wohnten, wo sie

es sehr gut hatten, weil es Futter im Überfluß gab und weil dort keine Jäger lebten. Allerdings war es unmöglich davonzufliegen. König auf der Insel war ein großer Königsadler, in dessen Dienst hundert Falken standen. Diese Falken hielten Tag und Nacht auf den allerhöchsten Bergen Wacht, und wann immer ein Vogel zu fliehen versuchte, stürzten sie sich auf ihn und töteten ihn ohne Erbarmen.«

»Aber warum wollten die Vögel denn weg, wenn es doch Futter in Hülle und Fülle gab?«

»Weil das Essen im Leben nicht alles bedeutet und man das manchmal braucht: davonfliegen zu können. Eines Tages jedenfalls beschlossen die Vögel zu rebellieren. Um die Organisation der Revolte kümmerten sich die Raben: Einige von ihnen taten so, als wollten sie fliehen, und kaum hatten sich die Falken in die Lüfte erhoben, um sie zu bestrafen, griffen all die anderen Vögel ein und töteten die Falken. Der Königsadler, der nun ganz allein geblieben war, wurde gezwungen, die Flucht zu ergreifen.«

»Und da wurde die Insel noch schöner?«

»Ja, für eine Weile ging es dort fröhlich zu: Die Raben hatten die Republik der Vögel gegründet, und alle waren zufrieden, daß nun nicht mehr ein einzelner Vogel über alle anderen herrschte.«

»Und Rotflöckchen?«

»Rotflöckchen blieb noch ein Jahr auf dieser Insel, dann beschloß er fortzufliegen. Wenn da nur nicht bei jedem seiner Versuche, sich zu entfernen, jemand gewesen wäre, der ihn überredete, sich für das ›Gemeinwohl‹ zu opfern und den Aufbruch zu verschieben! Da begriff Rotflöckchen, daß es auch in der Vogelrepublik nicht möglich war fortzugehen. Ja, einige Vögel hatten es versucht, aber kaum einen Kilometer vom Strand entfernt hatte eine geheimnisvolle Stimme sie überzeugt umzukehren.«

»Wer war diese geheimnisvolle Stimme?« fragte Chicca.

»Geduld, hör dir das Ende der Geschichte an! Eines Nachts

hackte Rotflöckchen ein tiefes Loch in den Baum, auf dem die Raben schliefen, und als er immer tiefer hackte, schaffte er es, bis zu jenem Ort zu gelangen, wo sich die Raben trafen, um über das Wohl des Volkes zu entscheiden. Dort hörte er Unglaubliches: die Raben besaßen Zauberkräfte und hatten rund um die Insel einen großen Käfig errichtet, ganz aus Wörtern!«

»Ein Käfig aus Wörtern?! Zio, wie macht man einen Käfig aus Wörtern?«

»Ich hab dir ja gesagt, die Raben besaßen Zauberkräfte. Sie hatten die Wörter aus dem Wörterbuch genommen, und indem sie sie miteinander verknüpften, hatten sie es geschafft, das Land mit einem unsichtbaren Netz zu umgeben. Wenn ein Vogel sich den Gittern des Käfigs näherte, wurden die Wörter, die ihm am nächsten waren, hörbar und überzeugten den Vogel umzukehren. Wenn er zum Beispiel versuchte, nach Osten zu entkommen, bekam er zu hören: ›Aber wohin willst du? Was machst du? Bist du verrückt geworden? Ist dir klar, daß du auf dieser Insel eine Karriere vor dir hast? Du weißt doch: Warum denn in die Ferne schweifen, sieh, das Gute liegt so nah!‹ Das war die Seite der Sprichwörter. Wenn er jedoch nach Westen flog, sagten die Stimmen: ›Schäm dich, du bist ein Egoist! Du denkst nur an dich, deine Pflicht ist es, dich für die anderen aufzuopfern!‹ Und das war die Seite der Moral.«

»Zio Cardellino, was ist das, Moral?«

»Sie ist etwas sehr Schönes, aber sie kann auch manchmal sehr böse machen. Aber kehren wir zu Rotflöckchen zurück, den wir ganz alleine in seinem Loch im Baum der Raben zurückgelassen haben. Dort hat unser Vögelchen ein großes Geheimnis erfahren: Es gab einen Punkt, einen einzigen Punkt, wo es den Raben nicht gelungen war, zwei schwierige Wörter miteinander zu verknüpfen. Um diesen Punkt zu finden und zu entkommen, mußte man früh am Morgen losfliegen, dann, wenn die Sonne noch niedrig über dem Horizont steht, und so flog Rotflöckchen am Tag darauf im Morgengrauen los, immer der Sonne entgegen und dort, zwischen den Wörtern Freiheit und Fantasie, fand er ein kleines Loch und entkam.«

»Das ist eine sehr schöne Geschichte. Jetzt setze ich noch einmal ganz schnell das Boot ins Wasser, und dann gehen wir.«

»Nein, Chicca, vergiß nicht, du hast mir versprochen, daß wir sofort nach der Geschichte gehen.«

»Nur zwei Minuten, Zio Cardellino«, sagte Chicca, und ohne seine Erlaubnis abzuwarten, stürzte sie los, um das Schiff ins Wasser zu setzen.

Genau in diesem Moment schaute Luca auf und erkannte eine der Mütter vom vergangenen Samstag wieder, die, die den Polizisten gerufen hatte: Sie war mit zwei anderen Frauen zusammen und ganz offensichtlich sprachen sie über ihn.

Luca fühlte, wie ihm das Blut in den Adern gefror. Er stand abrupt auf und fast schreiend rief er: »Chicca, Chiccaaaa! Wir gehen, wir gehen sofort!«

»Einen Augenblick, nur einen Augenblick«, entgegnete Chicca.

Luca wandte sich zum Ausgang, aber die Frauen folgten ihm. Verzweifelt rief er noch einmal Chiccas Namen, dann schaute er sich um und bemerkte, daß sich eine der Frauen von der Gruppe getrennt hatte, um andere Mütter herbeizuholen. Eine zeigte mit ausgestrecktem Arm auf ihn, als wolle sie sagen: Dort ist das Ungeheuer, das unsere Töchter belästigt. In diesem Augenblick verstand er gar nichts mehr: Zuerst beschleunigte er den Schritt, dann fing er an zu laufen und schließlich, als er einen Baum mit ziemlich niedrigen Ästen entdeckte, sprang er hinauf und versuchte fast instinktiv, so hoch wie möglich zu klettern. Je höher er kam, desto ruhiger wurde er. Auch sein Herz schlug nicht mehr so rasend wie zuvor. Ja, das war der ideale Ort für ihn. Er kletterte noch ein paar Äste höher, dann trat er ins Leere und fiel.

17

Das erste, was er spürte, war ein heftiger Schmerz im linken Arm, dann kalten Schweiß auf den Schläfen und danach den Geruch der feuchten Erde, die ihm das Gesicht verschmierte. Er schaute auf und sah gegen den Himmel abgehoben die Köpfe einer Gruppe von Leuten, die ihn anschauten. Irgend jemand sagte: »Er könnte sich etwas gebrochen haben, daß ihn nur keiner anfaßt. Vielleicht sollten wir besser einen Krankenwagen rufen.«

Da stand Luca alleine auf und antwortete all denen, die ihn fragten, wie es ihm ginge, mechanisch: »Danke, gut.« Dabei fühlte er sich alles andere als gut: Vor allem der linke Arm tat ihm höllisch weh, und als wäre das noch nicht genug, spürte er von Zeit zu Zeit ein plötzliches Stechen in der Schulter. Am Ende habe ich mir wirklich etwas gebrochen, dachte er. Dann fiel ihm auf einmal Chicca ein.

»Chicca, Chiccaaa...«

»Wer ist Chicca?«

»Meine Nichte, ein kleines Mädchen, sechs Jahre alt.«

»Ein kleines dunkelhaariges Mädchen mit Zöpfen?«

»Nein, sie ist blond und hat ein Segelboot.«

»Keine Sorge, wir suchen sie Ihnen. Setzten Sie sich dort auf die Bank.«

»Nein, nein, danke, ich muß sie selbst suchen. Chicca, Chiccaaa...«

Die Menge um ihn wurde immer dichter, und es war fast unmöglich, unter so vielen Menschen ein kleines Mädchen auszumachen. Luca rief noch ein paarmal nach Chicca, bis seine Stimme vom Klang einer Blechkapelle übertönt wurde. Er drehte sich um und sah unter dem Jubel der Menge erneut die Prozession zu Ehren von San Giorgio herankommen. Von einem Dutzend junger Männer in Kapuzen auf den Schultern getragen, rückte der Heilige schwankend wie ein Betrunkener näher. Es regnete Blumen von den Balkons. San Giorgio schwenkte mit der einen Hand ein silbernes Kreuz, in der anderen hielt er ein blutiges Schwert, das nach unten zeigte. Zu seinen Füßen wand sich ein riesiger Drache, der den Heiligen mit schreckerfüllten Augen ansah. Luca hatte Mitleid mit dem Drachen, er hob eine Blume vom Boden auf und warf sie ihm zwischen die Pfoten. Der Arm tat ihm jetzt nicht mehr weh, im Gegenteil. Er empfand eine angenehme Wärme im Arm und in der Schulter, ein diffuses Wohlbefinden, wie es oft vorkommt, wenn ein heftiger Schmerz plötzlich nachläßt. Nun galt es, Chicca zu finden. Der Kapelle folgend konnte sie wer weiß wo gelandet sein. Es war so leicht, sich auf Volksfesten zu verlieren, er wußte das nur zu gut. Luca versuchte, an der Prozession entlangzulaufen, um an die Spitze des Zuges zu gelangen, aber er sah bald ein, daß er seine Kräfte unnütz verschwendete: Die Menge wurde immer undurchdringlicher und, so sehr er auch schrie und rief: Entschuldigung... laßt mich durch... bitte..., niemand hörte ihn. Da entdeckte er auf der rechten Seite eine kleine Terrasse, auf der viele Menschen standen.

»Entschuldigen Sie, Signora«, fragte er eine Frau, »können Sie vielleicht ein kleines sechsjähriges Mädchen entdecken, blond, mit einem Segelboot in der Hand?«

»Nein, ich sehe es nicht«, antwortete die Frau. »Aber wenn Sie möchten, können Sie selbst versuchen, sie zu entdecken. Kommen Sie herauf: der Eingang ist dort, Hausnummer zwanzig, erster Stock, erste Tür rechts.«

Das ließ sich Luca nicht zweimal sagen: In großen Sätzen sprang er die Treppe hinauf, und einen Augenblick später stand er schon auf der Terrasse und schaute die Straße hinauf und hinunter: von Chicca keine Spur. Aber da, in der Menge, stand Simonetta.

»Simonetta!« schrie Luca, und die Stimme blieb ihm fast im Halse stecken.

»Haben Sie sie gefunden?« fragte die Dame.

»Ja, ja, ich habe sie gefunden«, antwortete Luca auf dem Gipfel der Glückseligkeit und stürzte von neuem hinunter auf die Straße. Es waren inzwischen noch mehr Menschen geworden. Mit einer langen Samtschnur, die sie in den Händen hielten, schützten Meßdiener die Prozession von beiden Seiten und verhinderten, daß sich irgend jemand durch den Zug drängen konnte. Zwischen diesen beiden Reihen zogen, mitten auf der Straße, in feierlichem Schritt der Bischof und sein Priestergefolge vorbei.

»Simonetta, hier bin ich, ich bin's, Luca.«

Simonetta grüßte ihn mit einem Lächeln von der anderen Seite der Straße und rief ihm etwas zu. Leider war die Musik der Kapelle so laut, daß er nichts verstand. Luca wartete ungeduldig, bis die zwei Reihen der Meßdiener endlich vorbei waren, und stürzte sich dann wie ein Wahnsinniger in die Menge, die der Prozession folgte. Mit Stoßen und Schieben, Drängen und Drücken gelangte er schließlich auf die andere Straßenseite. Da stand Simonetta, wenige Meter von ihm entfernt, tauchte in ihrem himmelblaukarierten Kleid bald aus den Menschenmassen auf und verschwand bald wieder in diesen Fluten: schön wie damals, schön wie immer! Ohne Rücksicht auf Proteste drängte Luca sich durch, erreichte sie und blieb stumm vor ihr stehen, unfähig, etwas zu tun.

»Wie geht es dir, Simonetta?«

Sie sagte etwas, aber Luca konnte sie nicht verstehen. Das Herz hüpfte ihm in der Brust, als er eine Hand ausstreckte und ihre Stirn streichelte: Es war eine zärtliche Liebkosung, so sanft, daß er ihre Haut unter seinen Fingern kaum wahrnahm.

»Oh, Simonetta«, seufzte Luca, »es ist wunderschön, dein Gesicht zu streicheln! Du weißt doch, was eine Liebkosung ist? Da spürt man, wie einem die Liebe sanft durch die Hand strömt.«

Genau in diesem Moment verschwand das Mädchen: Eine schreiende Meute war zwischen ihnen durchgelaufen und hatte sie getrennt.

»Simonetta!«

Nichts zu machen: Luca stellte sich auf die Zehenspitzen, schaute nach allen Seiten, lief in alle Richtungen, aber es gelang ihm nicht, Simonetta zu entdecken. Verschwunden, fortgeflogen!

»Simonetta, Simonetta«, murmelte Luca, bereits ohne jede Hoffnung.

Er wollte schon umkehren, da schien es ihm, als hätte er einen himmelblauen Fleck um die Ecke eines Hauses biegen sehen. Er stürzte sich sogleich hinter dieser Erscheinung her: und nochmals Schubsen, Schreie, Proteste. Er erreichte einen Platz, auf dem tausend und abertausend Menschen standen, still, unbeweglich, als warteten sie auf irgend etwas.

»Entschuldigung«, sagte Luca. »Entschuldigung, lassen Sie mich durch.«

»Wo wollen Sie denn hin?« fragte ihn unfreundlich ein alter Mann.

»Entschuldigen Sie, aber ich habe jemanden in der Menge verloren.«

»Dann stellen Sie sich gefälligst hinten an wie alle anderen«, sagte der Alte, »wir alle hier haben irgend jemanden verloren.«

»Wie meinen Sie das: hinten anstellen?«

»Mein lieber Herr, was denken Sie wohl, was wir hier machen? Hm? Finden Sie sich damit ab, stellen Sie sich an wie alle andern, und wenn Sie am Schalter für verlorengegangene Personen angekommen sind, können Sie alles fragen, was Sie wollen.«

Während er wartete, kamen ihm die merkwürdigsten Geschichten zu Ohren: Ein Mann hatte nur die Hälfte der Frau verloren, die er liebte, einer wollte sich selbst wiederfinden, einer beklagte sich, er habe seine Frau verloren, und da, gleich hinter ihm, stand seine Frau, die sich beklagte, ihren Mann verloren zu haben. Ganz irrsinnige Sachen. Als er an der Reihe war, fragte ihn der Beamte hinter dem Schalter mit abwesender Stimme:

»Name und Vorname?«

»Perrella, Luca.«

Ohne aufzustehen rollte der Beamte auf seinem Bürostuhl vom Schalter weg und suchte einen großen gebundenen Band heraus, auf dessen Rücken man lesen konnte: LOR–LUC.

»Luca Pellico, Luca Penna, Luca Perani, Luca Percuoco... Luca Perrella, da ist es.«

Das Buch sah wie ein Telefonbuch aus.

»Name der verlorenen Person?«

»Simonetta.«

»Wie ist sie, schön?«

»Ja, sehr schön.«

»Schön oder sehr schön, Präzision, bitte!«

»Sehr schön.«

»Schwarze Haare und himmelblau kariertes Kleid?«

»Ja, genau, das ist sie.«

»Eingang F, im Dachgeschoß. Der nächste bitte.«

Eingang F, im Dachgeschoß. Das mußte das Haus sein, in dem Simonetta wohnte. Luca sah sich um und bemerkte, daß fast alle nach dem Schlangestehen in ein Gebäude mitten auf dem Platz gingen. Da er nicht wußte, wohin er sich wenden sollte, lief er in die gleiche Richtung. Er sah einen Portier in Uniform.

»Entschuldigen Sie, können Sie mir sagen, wo Eingang F ist?«

»Warum, haben Sie jemanden in F verloren?« fragte der Portier und betrachtete ihn mit sichtlicher Neugierde.

Wer weiß, was er mit diesem »Haben Sie jemanden in F verloren?« hatte sagen wollen.

Luca beschloß jedenfalls, mit dem Aufzug zum Dachgeschoß hochzufahren, wie man es ihm gesagt hatte. Als er auf dem Treppenabsatz ankam, fand er dort aber keine Eingangstür, sondern nur einen langen Korridor, an dessen Ende eine hell erleuchtete Treppe nach oben führte. Vielleicht wohnte Simonetta noch weiter oben. Luca begann, die Treppe hinaufzusteigen, und während er höher und höher kam, wurde er von einem immer greller werdenden Licht geblendet.

»Hallo, Luca, wie geht es dir?«

Er blickte auf und sah ganz oben auf der Treppe in gleißendem Gegenlicht die Gestalt eines alten Mannes. Im ersten Moment erkannte er ihn nicht wieder, doch dann ließen der schneeweiße Bart und vor allem die im Licht silbern glänzenden Haare Kindheitserinnerungen in ihm wach werden. Ja, er war es: der Herr der Vögel!

»Nun, Luca, wen hast du dieses Mal verloren?«

»Simonetta, ein Mädchen mit schwarzen Haaren und ...«

»Ja, ich kenne sie: Ich weiß, wer Simonetta ist. Du hast sie vor langer Zeit verloren, warum bist du nicht früher gekommen?«

»Weil ich nicht wußte, wo ...«

»Und jetzt weißt du es. Komm, ich bringe dich zu ihr.«

Zu seiner großen Überraschung stellte Luca fest, daß er nicht auf eine Terrasse gelangt war, sondern auf eine Art Erdwall, der von steil aufragenden Wänden umgeben war: Wie im Innern des Kraters von einem erloschenen Vulkan. Luca hob den Blick und sah tausend und abertausend Vögel über seinem Kopf kreisen.

»Wo sind wir?«

»Wir nennen es den ›Vulkan der Vögel‹.«

»Und wo ist Simonetta?«

»Sie wohnt dort oben, genau auf dem Gipfel des Kraters. Siehst du das kleine weiße Haus?«

Luca schaute in die Richtung, die der Herr der Vögel ihm wies, aber es gelang ihm nur, den Kraterrand zu sehen, der von einem dünnen Wolkenschleier halb verdeckt war.

»Ehrlich gestanden sehe ich nicht sehr gut.«
»Ja, ja, ich weiß, heute sind da ein paar Wolken zuviel.«
»Und wie kommt man dort hinauf?«
»Man fliegt.«
»Fliegen?! Aber ich kann doch nicht...«
»Sicher, du mußt es erst lernen: Alle können fliegen, wenn sie es wirklich wollen.«
»O ja, ich will es, ich will es wirklich.«
»Und deswegen bin ich hier«, sagte lächelnd der Herr der Vögel. »Ich bringe dir die Grundregeln bei, und dann wirst du anfangen zu fliegen, ohne es auch nur zu merken. Also schauen wir mal: Zeig mir zuerst mal alles, was du bei dir hast.«

Luca begann, seine Taschen auszuleeren, und reichte alles, was er herauszog, dem Herrn der Vögel.

»Also: Hier ist ein Taschentuch, das ist der Führerschein...«

»Wirf den Führerschein weg! Wer fliegen möchte, darf kein Auto besitzen.«

»Hier sind die Hausschlüssel...«

»Weg mit den Schlüsseln. Vögel haben ihre Nester niemals abgeschlossen.«

»Das ist eine kleine Kupferreproduktion von einem Gemälde von Botticelli.«

»Laß mich sehen«, sagte der Herr der Vögel und betrachtete aufmerksam die dargestellte Person. »Weißt du was: Das Gesicht dieses Mädchens ähnelt sehr dem von Simonetta. Trage es bei dir, wer weiß, vielleicht hilft es dir fliegen.«

»Hier habe ich mein Portemonnaie mit dem Geld.«

»Wieviel Geld hast du?«

Luca begann zu zählen; als er bei dreißigtausend Lire angekommen war, hielt der Herr der Vögel seine Hand fest.

»Das ist genug, den ganzen Rest kannst du wegwerfen.«

»Warum dreißigtausend? Warum nicht alles wegwerfen?«

»Weil dem Geld Respekt gebührt, wenn es nicht zuviel ist. Es wird schmutzig, wenn es mehr wird. Zehntausend Lire wiegen sehr wenig, zwanzigtausend ein bißchen mehr, dreißigtausend Lire sind die oberste Grenze, bei der es noch möglich ist zu fliegen. Wenn es über dreißigtausend Lire werden, wiegt jeder weitere Zehntausendlireschein so viel, so wahnsinnig viel, daß es niemandem gelingen würde, auch nur einen Zentimeter weit vom Boden abzuheben.«

»Und das Scheckheft?«

»Um Gottes willen! Das ist, als trügest du eine Bleikugel an den Füßen.«

»Mehr habe ich nicht.«

»Zieh dir die Schuhe und die Strümpfe aus. Um dich richtig abstoßen zu können, mußt du unbedingt direkten Kontakt mit dem Erdboden haben.«

Luca gehorchte und rieb die nackten Füße heftig auf der Erde. Es bereitete ihm ein ungeheures Vergnügen zu spüren, wie das feuchte Erdreich unter seinen Zehen zerkrümelte.

»Ich bin bereit.«

»Ich bin noch nicht fertig, nimm die Krawatte ab.«

»Die Krawatte?«

»Gleich nach dem Geld stellt die Krawatte das größte Hindernis dar für einen Mann, der fliegen will. Du mußt nämlich wissen, mein lieber Luca, daß ich einen persönlichen Feind habe, einen Feind, der ›Herr der Würmer‹ heißt. Dieses schreckliche Wesen lebt im Innern der Erde, und sein höchstes Ziel ist es, daß alle Menschen wie ekelerregende Würmer über die Erde kriechen! Um seine Absicht zu erreichen, erdachte er eines Tages einen Zauber zum Schaden der gesamten Menschheit: Er erfand die Krawatte. Mit diesem Trick legte er Hunderten von Millionen von Menschen einen Strick um den Hals, und sie mußten jede Hoffnung aufgeben, jemals zu fliegen. Nebenbei bemerkt, es gelang ihm unter Beihilfe vieler Firmenchefs, in vielen Teilen der Erde Krawattenzwang einzuführen.«

»Ja, ja, genau das: Wenn man bei der IBM keine Krawatte trägt, machen sie ein Mordstheater.«

»Vielleicht ist die Krawatte in deinen Augen nur ein unschuldiges Stück Stoff, das kaum bis zum Bauch langt. Nichts dergleichen: Die Krawatten haben eine unsichtbare Fortsetzung, die bis in das Innere der Erde reicht, wo der Herr der Würmer auf diese Art Millionen von Angestellten am Halsband halten kann.«

»Um Gottes Willen!« rief Luca aus und blickte auf das Ende seiner Krawatte.

»Ein Mann in Jackett und Krawatte mag sich frei glauben, zu tun, was ihm beliebt, er kann ins Kino gehen, kann tanzen gehen und so weiter, aber er kann niemals davonfliegen. Der Herr der Würmer sitzt dort unten und paßt auf, bereit, den Strick beim kleinsten Anzeichen von Rebellion enger zu ziehen. Aber jetzt laß mich nicht noch mehr Zeit verlieren: Gib mir die Hand und laß uns fliegen.«

Luca warf die Regimentskrawatte mit den roten und blauen Streifen fort, die Elisabetta ihm zu Weihnachten geschenkt hatte, schloß die Augen, reichte dem Herrn der Vögel die Hand und ...

... spürte sogleich die Finger des Arztes, der ihm den Puls fühlte. Und dann Stimmen: »Machen Sie sich keine Sorgen, Signora, es geht ihm schon besser. Es ist nur ein leichter Schock, und der linke Arm ist gebrochen. Dreißig oder höchstens vierzig Tage, dann ist alles wieder gut.«

18

»Sie sind Professor Pellegrini, nicht wahr? Guten Tag, Professore, ich bin Lucas Frau.«

»Pellegrini, angenehm.«

»Wie geht es Ihnen?«

»Danke, gut, und Ihnen?«

»Wie soll es mir schon gehen, Professore«, seufzte Elisabetta. »Sie wissen ja, was dem armen Luca passiert ist; übrigens, danke, daß Sie gekommen sind: Das war wirklich sehr freundlich.«

»Aber ich bitte Sie, Signora: Ich hatte zwei Tage frei, und es ist mir ein Vergnügen, Luca zu besuchen.«

»Nein, nein, es ist wirklich sehr freundlich von Ihnen. Als ich Ihnen am Telefon Lucas Zustand beschrieben habe, mußte ich Sie gar nicht erst bitten. Sie haben gleich gesagt: ›Samstag vormittag um neun bin ich in Mailand.‹«

»Wo ist Luca?«

»Er ist in seinem Zimmer, ich bringe Sie gleich zu ihm. Aber entschuldigen Sie, Professore, ich würde gerne vorher mit Ihnen unter vier Augen sprechen. Nehmen Sie doch bitte Platz...«

»Gerne, ich stehe ganz zu Ihrer Verfügung.«

Der Professor machte es sich in einem Sessel bequem, und nach ein paar vergeblichen Versuchen, ihm einen Kaffee anzubieten, setzte sich Elisabetta ihm gegenüber.

»Professore... Es geht Luca nicht gut... Es geht ihm wirklich nicht gut...«, sagte Elisabetta und fing an zu weinen.

»Aber Signora, bitte nicht! Sie werden sehen, wenn Luca sich von dem Schock erholt hat, wird er wieder anfangen zu sprechen.«

»Es ist ja nicht nur, weil er nicht spricht, Professore. Ich habe Angst, daß mein Mann ... ich habe Angst, daß mein Mann verrückt geworden ist und daß ...« und wieder gelang es ihr nicht, den Satz zu beenden.

»Das sagt sich so leicht: ›verrückt‹«, beruhigte sie der Professore. »Glauben Sie mir, Signora, es gibt kaum einen umstritteneren Begriff. Ich kenne mich da aus. *Aut insanit homo, aut versus facit*, sagt Horaz: Dieser Mann ist verrückt oder ein Dichter! Unser Luca ist ja nur von einem Baum gefallen, hat sich dabei den Kopf angeschlagen, und nun muß man abwarten, daß ...«

»Ach, ich weiß, aber das alles ist vor drei Monaten passiert, mein lieber Professore, vor drei Monaten, verstehen Sie? Und seit damals hat er nicht die geringsten Fortschritte gemacht, im Gegenteil ... Stellen Sie sich vor, gestern mußten wir das Fenster vergittern, wir haben es mit einem Vorhängeschloß gesichert.«

»Mit der Zeit wird er sich schon wieder erholen. Aber sagen Sie, Signora, wie sind Sie denn mit dem Büro verblieben?«

»Genau darüber wollte ich mit Ihnen sprechen. Ich brauche Ihnen nicht erst zu sagen, daß die IBM die Entlassung einleiten könnte, wenn sie davon erfährt, in welchem Zustand sich Luca befindet, und wenn die vom Gesetz vorgesehene zwölfmonatige Frist verstrichen ist. Meinem Schwager, der sich in solchen Dingen auskennt, ist es jetzt gelungen, mit der IBM eine Abmachung zu treffen, derzufolge mein Mann freiwillig kündigt und die Firma ihm einen fiktiven Beraterauftrag über sechzig Millionen Lire erteilt, zusätzlich natürlich zu der Abfindung, die ihm gesetzlich zusteht. Und dieses Geld können wir brauchen, weiß Gott! Ich kann Ihnen gar nicht sagen, was wir alles anstellen mußten, um ihn dazu zu bringen, seinen Kündigungsbrief zu unterschreiben. Franco hat dazu fast Gewalt anwenden müssen. Wie ich Ihnen schon am Telefon sagte, es sind jetzt schon drei Monate, daß mein Mann nicht spricht. Wenn er fröhlich ist, dann pfeift er manchmal, aber auch das selten. Wenn er aber etwas Besonderes will, dann nimmt er Papier und Bleistift und schreibt es auf. Heute zum Beispiel hat er mir aufgeschrieben, daß ich ihm einen Pinsel und eine Dose grünen Lack kaufen soll. Ich glaube, er will einen Baum an die Wand malen. Wissen Sie, wir lassen ihn einfach: So hat der Ärmste wenigstens etwas zu tun.«

»Er will einen Baum malen: Das gefällt mir!«

»Wie Sie sehen«, fuhr Elisabetta fort, »ist es nicht so, daß er aus Prinzip nicht redet, es gelingt ihm einfach nicht. Anfangs dachten wir, das wären die Auswirkungen seines Schädeltraumas, aber dann haben wir uns damit abfinden müssen. Der Arzt hat erklärt: Er ist ein neurologischer Fall, das kann verschwinden, wie es gekommen ist, von einem Augenblick zum andern.«

»Sehen Sie? Genau was ich gesagt habe! Sagen Sie, hat er seine Kündigung schon eingereicht?«

»Ja, und am Montag müßte er den Scheck über sechzig Millionen Lire abholen zusätzlich zu den 64 Millionen Abfindung. Die Abfindung wird ihm ja direkt auf der Bank gutgeschrieben, aber was den Scheck betrifft, den er schwarz bekommt, den über sechzig Millionen, da hat sein ehemaliger Direktor, Ingegner Livarotti, erklärt, daß er Weisung bekommen hat, ihn nur dem Betroffenen persönlich auszuhändigen. Verstehen Sie, Professore: direkt der betroffenen Person!«

»Na gut, aber da Luca noch rekonvaleszent ist, könnte sich dieser Ingegner Livarotti doch auch hierher zu Ihnen nach Hause bequemen.«

»Ja, genau das hat mein Schwager auch vorgeschlagen, aber wir haben jetzt Angst, wie sich Luca verhalten wird.«

»Wir wollen doch nicht übertreiben, was sollte er schon anstellen?«

»Das weiß man nie. Möglich ist alles. Zum Beispiel wäre er

imstande, Livarotti ein Zettelchen zu schreiben, daß nicht er es gewesen ist, der das Kündigungsschreiben unterzeichnet hat. Und er könnte ihn sogar anfallen.«

»O nein, das nicht, dazu ist Luca viel zu gut.«

»Sie ahnen nicht, wie sehr er sich verändert hat. Franco zum Beispiel kann nach der Geschichte mit dem Kündigungsbrief keinen Fuß mehr in sein Zimmer setzen. Die einzige, die es schafft, ihn zu beruhigen, ist Chicca, meine kleine Nichte.«

»Und was soll ich tun?«

»Ich beschwöre Sie, Professore, sagen Sie nicht nein. Luca ist Ihnen eng verbunden. Nach der Reise nach Rom hat er mir immer von diesem Professore erzählt und wie sympathisch dieser Professore war.«

»Danke, Signora, aber ich...«

»Ihr Hobby ist die Gärtnerei, stimmt das?«

»Hm, nicht so ganz.«

»Also, sehen Sie, das mit dem Gärtnern, das weiß ich, weil es mir Luca erzählt hat, als er damals aus Rom zurückgekommen ist. Lieber Professore, ich bitte Sie nur um eines: Bleiben Sie unser Gast in Mailand bis Montagvormittag. Nur gerade solange, daß Sie bei ihm sind, wenn Livarotti mit dem Scheck kommt. Keine Sorge, mein Schwager wird sich dann darum kümmern, einen Platz für Sie im ersten Flugzeug nach Rom zu buchen. Ich bitte Sie, Professore, sagen Sie nicht nein.«

»Ja, aber die Schule...«

»Aber es handelt sich doch nur um einen Tag, um einen einzigen Tag. Was ist schon ein Tag Abwesenheit. Tun Sie es für Ihren Freund.«

»Na gut, einverstanden. Aber jetzt gehen wir zu Luca.«

Elisabetta ging durch den Flur, gefolgt vom Professor. An seiner Tür angekommen zögerte sie einen Augenblick; sie genierte sich vor ihrem Gast – Lucas Zimmer war von außen abgeschlossen.

»Denken Sie nicht schlecht von uns, Professore, wir tun es nur, weil wir ihn lieb haben.«

Elisabetta ging als erste hinein.

»Luca, schau, wer da ist, schau, wer dich besuchen kommt: Professor Pellegrini.« Sie sprach in einem Singsang, wie man ihn wohl Kindern gegenüber gebraucht.

Luca saß in einem Schaukelstuhl vor dem Fenster; er drehte langsam den Kopf herum, und kaum hatte er den Freund erkannt, sprang er auf und kam ihm entgegengelaufen. Auch der Professor eilte auf ihn zu und umarmte ihn.

»Mein lieber Dottore, wie geht es Ihnen? Welche Freude, Sie wiederzusehen!«

Einen Augenblick lang hoffte Elisabetta, Luca würde zu sprechen anfangen. Er machte zumindest den Versuch, es zu tun: Er öffnete den Mund, dann schloß er ihn wieder und schließlich preßte er die Lippen zusammen, voller Kummer darüber, daß es ihm nicht gelang.

»Ich lasse euch alleine«, sagte Elisabetta. »Wer weiß, was ihr euch alles zu erzählen habt!«

Luca nahm einen Stuhl und stellte ihn seinem eigenen gegenüber. Kaum sah er, daß der Professore sich gesetzt hatte, wies er mit der ausgestreckten Hand auf das Eisengitter vor dem Fenster.

»Nun ja, mein lieber Dottore! Was kann Ihnen so ein kleines Gitter schon ausmachen. Nehmen Sie es als Zeichen der Zuneigung, glauben Sie mir. Ihre Frau hat Sie lieb und macht sich Sorgen um Sie, das ist alles.«

Luca sah ihm eindringlich in die Augen.

»Ich bitte Sie, Dottore, meinetwegen brauchen Sie sich keine Sorgen darüber zu machen, daß Sie nicht sprechen können. Vergessen Sie nicht, daß ich es fertigbringe, auch mit den Bäumen zu reden. Und außerdem sage ich Ihnen noch etwas. Ich habe das Wort nie als ein Geschenk des Herrn betrachtet, sondern immer nur als eine Grenze, die unseren Ausdrucksmöglichkeiten gesetzt ist. *Verba ligant homines, taurorum cornua funes.* Die Worte binden die Menschen wie Seile die Hörner der Stiere. Es ist so, als wenn jemand mit einer Zeichnung versucht, das Gesicht eines Menschen darzustellen: es kommt jedesmal etwas anderes dabei heraus. So geht es auch mit den Wörtern, wenn sie so tun, als würden sie Gefühle übermitteln. Viel besser ist da ein Blick, der Gesichtsausdruck oder die Berührung mit der Hand.«

Luca nahm die Hand des Professors und drückte sie kräftig.

»Willst du, daß ich dich duze?«

»*Piep piep piep.*«

»Wie du siehst, wir kommen auch ohne Worte aus. Worte sind nur dann unerläßlich, wenn es darum geht, sehr einfache Dinge auszudrücken: Es versteht sich von selbst, daß Wörter vorzuziehen sind, um einen Teller Spaghetti zu bestellen. Wenn du jedoch ein Gefühl mitteilen willst, dann taugen sie nichts; dazu brauchst du ein geeigneteres Mittel. Gibran sagte: ›Laß die Stimme deiner Stimme zum Ohr deines Ohres sprechen.‹ Unser Wortschatz ist zu ungenau, um Seelenzustände beschreiben zu können. Wenn du einer Frau deine Gefühle gestehen möchtest, was sagst du ihr? Ich liebe dich, du gefällst mir, ich mag dich, ich bete dich an; das sind vier, höchstens fünf Ausdrücke, die noch dazu durch die Gewohnheit abgenutzt sind, für tausend verschiedene Arten zu lieben. Wie kannst du mit einem einzigen Wort ausdrücken: ›Schatz, ich liebe dich so sehr, daß ich zu atmen vergesse, wenn ich dich sehe‹? Vielleicht glaubst du mir nicht, aber ich bin auch einmal verliebt gewesen.«

»*Tschiwie, tschiwie, tschiwie, tschiwie ... tschiep, tschiep ... tschiwiiiiiiiie.*«

»Sie hieß Antonietta und studierte Gesang am Konservatorium. Antonietta! Eigentlich habe ich mich schon in sie verliebt, bevor ich sie kennenlernte. Sicher, das waren noch andere Zeiten: Frosinone, die Spaziergänge vom Corso della Republica zum Viale Manzoni, die Freunde, das Vorgestellt-Werden, die üblichen oberflächlichen Gespräche. Als es mir endlich gelang, fünf Minuten mit ihr alleine zu sein, sagte ich gar nichts zu ihr; was hätte ich schon sagen können? Welches waren die richtigen Worte, um meine Liebe zu beschreiben? Vielleicht wäre es mir mit Zahlen eher gelungen, ja, mit Zahlen! Ich hätte sagen können: mein Ein und Alles, als ich dich das erste Mal sah 75, am Tag danach 92 und dann 104. Eines Nachts, als ich im Bett lag und keine Lust hatte zu schlafen, habe ich mich dabei überrascht, wie ich an dich dachte 184, am Tag darauf habe ich dich auf der Straße gesehen 261, und dann haben wir miteinander gesprochen 340, 386, 462, 625, ich möchte dir einen Kuß geben 890, 1433 und immer so weiter bis unendlich.«

»*Piep, piep, piep, piiiiiiiep.*«

»Wir verlobten uns heimlich: ihre Familie war dagegen. Eines Tages haben wir gestritten. Ich habe meine erste Stelle in Santa Maria Capua Vetere bekommen, und so haben wir uns aus den Augen verloren. Ein paar Jahre später habe ich erfahren, daß sie einen Lebensmittelgroßhändler geheiratet hatte.«

Elisabetta kam herein.

»Bitteschön, ich habe euch zwei Gläser Orangensaft gemacht. Bitte, nehmen Sie, Professore, nehmen Sie doch ... möchten Sie noch Zucker?«

»Nein danke, es ist süß genug.«

»Wie sieht es aus, Professore? Wie finden Sie ihn? Verstehen Sie nun, wieviel Sorge uns der Luca macht?«

»Signora, Sie wollen sich Sorgen machen! Luca ist vollkommen normal.«

Im gleichen Moment löste Luca Professor Pellegrinis Krawatte und warf sie aus dem Fenster.

19

»Das wird Livarotti sein«, meinte Elisabetta, als es an der Eingangstür klingelte. »Soll ich ihn gleich zu Luca bringen?«

»Um Himmels willen, nein«, antwortete Franco und übernahm die taktische Leitung der Operation. »Sag ihm, daß Luca gleich kommen wird, und laß ihn im Wohnzimmer Platz nehmen. Das Wichtigste ist, gleich herauszubekommen, ob er den Scheck über die sechzig Millionen mitgebracht hat oder nicht. Nur wenn alles in Ordnung ist, darf er Luca zu sehen bekommen.«

Man hörte das Geräusch der zwei Schlösser, mit denen die Wohnung der Carracciolis verriegelt war, und gleich darauf die Stimme Elisabettas:

»Lieber Ingegnere, vielen Dank, daß Sie gekommen sind. Treten Sie ein, bitte, kommen Sie, meinen Schwager kennen Sie ja bereits, nicht wahr? Dies ist meine Schwester, Francos Frau... Ingegner Livarotti von der IBM... Professor Pellegrini, ein Freund von Luca... Ingegner Livarotti. Der Professore ist aus Rom gekommen, um Luca zu besuchen. Nehmen Sie Platz, Ingegnere.«

»Und wo ist unser Dottor Perrella?«

»Er wird gleich kommen, er zieht sich um, und Sie machen es sich inzwischen hier im Sessel bequem«, forderte Franco auf. »Sie müssen entschuldigen, Ingegnere, wenn wir Sie gebeten haben, zu uns zu kommen, aber Sie werden verstehen: für Luca ist diese Kündigung ein Trauma, und da er immer noch rekonvaleszent ist, hielten wir es für richtiger, zu verhindern, daß er seinen Arbeitsplatz wiedersehen muß. Es gibt Dinge, auf die er besonders sensibel reagiert, und da ist es dann besser...«

»Sie haben vollkommen richtig gehandelt«, beeilte sich Livarotti zu versichern, dem eine mögliche Rückkehr Lucas ins Büro, selbst wenn es nicht mehr auf Dauer war, einige Probleme verursacht hätte.

Freundschaftlicher denn je fuhr Franco fort: »Wissen Sie denn überhaupt, daß Luca von dieser Kündigung absolut nichts hören wollte? Eine derart starke Bindung an die eigene Firma habe ich noch nie erlebt. Was stellt ihr nur mit euren Angestellten an, daß sie so an euch hängen? Sie können sich gar nicht vorstellen, wie sehr wir uns bemühen mußten, um meinen Schwager zu überzeugen. Er sagte immer: Ich bin bald wieder gesund, und dann kehre ich an meine Arbeit zurück.«

»Aber schließlich hat er es doch eingesehen?« fragte Livarotti, der fast fürchtete, daß man es sich anders überlegt haben könnte.

»Aber sicher hat er es eingesehen«, beruhigte ihn Franco. »Ich selbst habe Ihnen doch sein Kündigungsschreiben überbracht, erinnern Sie sich nicht?«

»Natürlich erinnere ich mich. Aber wie geht es denn Dottor Perrella jetzt?«

»Das schwankt von Tag zu Tag. Heute morgen zum Beispiel hat er beschlossen, nicht zu sprechen. Stellen Sie sich vor, er hat erklärt, daß er einen Schweigestreik gegen diese Kündigung machen will, die er seiner Meinung nach nie hätte einreichen dürfen.«

»Dabei hat er sehr gut daran getan zu kündigen!« rief Livarotti aus. »Aber nun würde ich ihn gerne selbst sehen. Wie ich Ihnen schon am Telefon erklärt habe, ist es meine Pflicht, den Scheck der Ordnung halber dem Betroffenen direkt in die Hand zu drücken.«

»Selbstverständlich, Sie werden ihn sogleich zu sehen bekommen«, versicherte ihm Franco. »Sie haben den Scheck doch dabei?«

»Hier ist er: sechzig Millionen, wie abgemacht.«

»Elisabetta«, rief Franco beinah vorwurfsvoll. »Hast du Luca denn Bescheid gesagt, daß Ingegner Livarotti hier ist? Schnell, ruf ihn, der Ingegnere ist in Eile.«

Franco und Livarotti fuhren fort, über hypothetische Geschäfte zu reden, und der Professore, der sich bei dieser ihm unbegreiflichen Unterhaltung immer unwohler fühlte, zog sich in sich selbst zurück und dachte an die Schule: Gerade jetzt beginnt meine Stunde in der 3 b, wer weiß, wen sie als Vertretung geschickt haben. Hoffentlich hat der Direktor nicht diesen Dummkopf Peruzzi rufen lassen (der war ihm ganz besonders unsympathisch, denn der hatte ›seinen‹ Schülern einmal erzählt, Catull sei ein Vertreter der Schnulzenliteratur). Plötzlich erschien Elisabetta weinend in der Tür und gab ihrem Schwager verzweifelte Zeichen, er möchte zu ihr in den Flur kommen.

»Entschuldigen Sie mich einen Augenblick, Ingegnere, ich komme gleich wieder«, sagte Franco und stand eilig auf. »Ich lasse Sie in Gesellschaft des Professore.«

Kaum hatte er das Wohnzimmer verlassen, da zerrte Elisabetta ihn durch den Flur.

»Was zum Teufel geht hier vor, um Gottes willen?!« fluchte Franco, und obwohl er mit gedämpfter Stimme sprach, hörte man ihn auch im Wohnzimmer.

Elisabetta antwortete nicht: Sie öffnete langsam die Tür von Lucas Zimmer und trat beiseite. Vor den bestürzten Augen Francos enthüllte sich die folgende Szene: Alle Wände waren mit grünen senkrechten Streifen bemalt, was dem Zimmer das Aussehen eines riesigen Käfigs gab. Mitten im Zimmer Luca in einem hautengen weißen Gymnastikanzug und mit der Jacke des Cuts, den er bei seiner Hochzeit getragen hatte; er saß auf einer primitiven Schaukel, die anstelle der Lampe an der Decke befestigt war. Chicca, die glücklich war, mit Zio Cardellino spielen zu dürfen, stieß ihn von Zeit zu Zeit von hinten an.

»Himmeldonnerwetter noch eins«, rief Franco.

»Still, die da draußen hören dich«, flehte Elisabetta ihn schluchzend an.

»Da schau dir diesen Dreckskerl an!« schnaubte Franco, wütender denn je. »Begreifst du nicht, daß der nur spielt? Ist dir nicht klar, daß er dieses Theater heute morgen extra für uns inszeniert hat?!«

»Bleib ruhig, Franco, ruhig.«

»Zum Kuckuck, nein, ich bin nicht ruhig: Ich haue ab und schicke euch alle zum Teufel! Genau das werde ich tun. Ich halte das nicht mehr aus und hoffe nur, daß ihr euer Leben lang Hunger leiden werdet, das wäre nur recht und billig: verdammt, ihr verdient nichts Besseres.«

»Franco, bitte nicht«, beschwor Elisabetta ihn von neuem. »Tu es für mich, wenn du nicht meinen Tod auf dem Gewissen haben willst. Geh zu Livarotti, unterhalte ihn irgendwie, und schick mir den Professore her.«

Franco ging und knallte die Tür hinter sich zu. Kurz darauf hörte man die Stimme des Professore, der darum bat, eintreten zu dürfen.

»Ich bitte Sie, Professore, kommen Sie herein: Helfen Sie mir, Luca dazu zu bringen, daß er sich anzieht. Schauen Sie, wie er sich hergerichtet hat! Und du Chicca, gehst in dein Zimmer. Wir sprechen uns später.«

»Wie hübsch!« rief der Professor aus, als er begeistert das von Luca bemalte Zimmer betrachtete. »Wunderschön hat er das gemacht! Finden Sie nicht auch, Signora, daß die Decke mit dem Kreuzbogen die Vorstellung eines Käfigs noch plastischer werden läßt?«

»Aber Professore, was soll denn das?« warf ihm Elisabetta vor. »Sie wollen ihn wohl gar noch ermutigen?«

»Nein, aber zweifelsohne hat Luca es verstanden, das Zimmer lebhafter zu gestalten«, sagte der Professor und begann, die Schaukel anzustoßen.

Es verging mehr als eine halbe Stunde: Franco und Livarotti saßen noch immer im Wohnzimmer und wußten inzwischen nicht mehr, worüber sie reden sollten. Von seiten Francos gab es einen halbherzigen Versuch, sich den Scheck anstelle seines Schwagers aushändigen zu lassen, aber da blieb Livarotti eisern: Der Scheck mußte unmittelbar in die Hände des Betroffenen übergeben werden! Endlich erschien Luca, gekleidet, ganz wie es sich gehört, als ginge er in die IBM: mit dem Glencheck-Anzug, jedoch ohne Krawatte.

»Nun, Dottore, wie geht's?« erkundigte sich Livarotti, der ihm entgegenging. »Gut sehen Sie aus, wirklich sehr gut.«

»Tschiwie, tschiwie, tschiewiiie ... tschüwie, tschüwiiie.«

»Ah, da ist es ja, Ihr Zwitschern«, lachte Livarotti. »Wissen Sie, was? Ich habe damit gerechnet. Aber jetzt ist es kein Problem der IBM mehr. Zwitschern Sie nur, zwitschern Sie, soviel Sie wollen, keiner hat Ihnen noch etwas dazu zu sagen! Mein lieber Perrella, Sie haben ja keine Ahnung, wie sehr ich unter Ihrem Zwitschern gelitten habe!«

»Tschiep tschiep tschiep piep piep.«

»Er hat gesagt, es tue ihm leid«, übersetzte der Professor.

Livarotti nahm Luca am Arm und zerrte ihn zu einem Spieltisch zum Unterschreiben. »Da wären wir also! Das ist der Scheck über sechzig Millionen, den ich Ihnen übergebe, und hier ist die provisorische Empfangsbestätigung, die Sie mir unterschreiben müssen, bis zum Eintreffen der offiziellen Rechnung.«

Wie erwartet weigerte sich Luca zu unterschreiben. Er nahm die Quittung zwischen Daumen und Zeigefinger, als wäre sie ein schmutziges Stück Papier, und ließ sie zu Boden fallen.

»Luca!« rief Elisabetta mit fester und entschlossener Stimme. »Bitte, unterschreibe dieses Papier, und mach kein Theater. Vergiß nicht, das der Ingegnere so freundlich war, extra zu uns nach Hause zu kommen, um dir jegliche Strapaze zu ersparen.«

Luca tat, als hätte er nicht gehört.

Franco hob die Quittung vom Boden auf und versuchte Luca zur Unterschrift zu zwingen, indem er dessen Hand in die eigene nahm. Offensichtlich war auch das Kündigungsschreiben auf diese Weise unterschrieben worden. Da hatte Livarotti plötzlich einen wirklich genialen Einfall.

»Ich bitte um Entschuldigung, aber ich müßte einen Moment zur Toilette.«

»Bitte, Ingegnere, folgen Sie mir«, forderte ihn Elisabetta sofort auf.

Bei seiner Rückkehr war die Quittung unterschrieben und lag hübsch anzusehen mitten auf dem Spieltisch. Livarotti nahm sie und steckte sie in die Brieftasche, ohne die Unterschrift allzu genau zu betrachten. Dann überreichte er Luca mit einem großzügigen Lächeln den Scheck.

»Das ist für Sie, Perrella, und passen Sie gut auf sich auf.«

Grußworte, die üblichen scheinheiligen Einladungen nach dem Motto: »Kommen Sie doch mal vorbei«, und dann begleiteten alle mit Ausnahme von Luca Livarotti zur Tür.

»So Gott will haben wir es geschafft!« seufzte Elisabetta. »Gib mir den Scheck, Luca.«

Luca rührte sich nicht.

»Luca, gib mir den Scheck, du verlierst ihn nur.«

Luca blieb undurchdringlich wie zuvor.

Sie leerten ihm die Taschen, sie durchsuchten ihn, entkleideten ihn, aber der Scheck kam nicht zum Vorschein.

Und nun suchten sie überall: in den Schränken, unter den Teppichen, im Telefonbuch, hinter den Sofakissen, in den gläsernen Lampenschirmen und an allen nur erdenklichen Orten, wo man möglicherweise ein kleines Rechteck aus rosa Papier verstecken konnte, auf dem die magische Zahl sechzig Millionen gedruckt stand. Franco holte sogar eine Leiter, um auf dem holländischen Schreibschrank nachzusehen, dem Stolz und Ruhm des Hauses Carraccioli. Umsonst: der verdammte Scheck hatte Flügel bekommen!

In der Zwischenzeit war der Teufel los: Elisabetta bekam hysterische Krisen und Ohnmachtsanfälle, Franco drohte alle fünf Minuten unter tierischem Gebrüll und wilden Flüchen, seinen Schwager zu ermorden, Chicca, die sich in all dem Durcheinander eine Ohrfeige von ihrer Mutter eingehandelt hatte, weinte herzzerreißend, der Professor bat flehentlich immer wieder darum, in seine Schule nach Rom zurückkehren zu dürfen, und all das unter den abwesenden Blicken Lucas, dem nach der Leibesvisitation nur noch die Unterhose geblieben war und der sich auf dem Sofa ausgestreckt hatte.

Franco, der befürchtete, daß der Scheck zum Fenster hinausgeworfen und sofort von irgendeinem Bösling aufgesammelt worden war, fuhr schnellstens in die IBM, um Livarotti dazu zu bringen, den Scheck sofort bei der Bank sperren zu lassen und einen neuen auszustellen. Alle anderen harrten, am Boden zerstört von der vergeblichen Suche, zu Hause seiner Rückkehr.

Nach etwa einer halben Stunde kam statt dessen der junge Vittorio, er fand Luca in Unterhosen vor, seine Mutter und seine Tante am Ende ihrer Kräfte und einen Unbekannten, Professor Pellegrini, der sich jammernd zwischen den Überresten der guten Stube umhertrieb.

»Was ist denn hier passiert?« rief er aus. »Eine Orgie? Eine proletarische Enteignung? Ein kleines Tohuwabohu? Was immer es auch sein mag, mir gefällt's: Vielleicht fängt man in diesem Hause endlich an zu leben.«

Professor Pellegrini beachtete ihn kaum, war mit den Gedanken woanders. Er wartete noch etwa zehn Minuten, dann setzte er sich neben Luca und drückte ihm ein Stück Papier und einen Bleistift in die Hand.

»Luca, bitte sag mir, wo du den Scheck hingetan hast. Ich bitte dich, tu es für mich: Ich muß zurück nach Rom.«

Luca lächelte ihm zu und schrieb: »Ich habe ihn weggeworfen, er war eine Bleikugel an meinen Füßen.«

20

Die Geschichte mit dem Scheck war lang und schmerzensreich: Die Bank weigerte sich, ihn zu sperren, solange keine offizielle Verlustanzeige bei der zuständigen Behörde vorlag. Franco war klar, daß es ihm nie gelingen würde, Luca auf ein Kommissariat zu schleppen, und er beschloß, die Anzeige in seinem Namen zu machen, als sei er es gewesen, der auf dem Wege von Livarottis Büro nach Hause den Scheck verloren hatte. Diese Anzeige ärgerte Livarotti wahnsinnig, weil es danach so aussah, als habe er den Scheck entgegen seinen Anweisungen nicht direkt in die Hände des Betroffenen, sondern in die von Signor Franco Del Sorbo übereignet. Die IBM ITALIA ihrerseits weigerte sich, ohne die Zustimmung des verantwortlichen Direktors, also Livarottis, einen zweiten Scheck auszustellen, obwohl der erste bei der Bank gesperrt war, und am Ende wollte Livarotti aber auch rein gar nichts mehr unterschreiben, solange Franco die Anzeige bei der Polizei nicht zurückgezogen hatte. Kurz: ein fürchterliches Durcheinander. Wie durch Zauberei löste sich alles in Nichts auf, als der Mieter der Wohnung gegenüber zwischen den Geranien auf seiner Terrasse einen Scheck fand, der zu einem Flieger gefaltet war.

Das Einlösen des Schecks wurde ebenfalls ein schwieriges Unterfangen: Luca weigerte sich einfach, den Scheck mit den Händen zu berühren. Eines Tages jedoch entschloß er sich nach ungezählten Ohnmachtsanfällen der armen Elisabetta doch noch zur Mitarbeit und ging in Begleitung der ganzen

Familie zur Bank, wo er sowohl die sechzig Millionen des Schecks wie auch die Abfindung in Staatsanleihen, auszahlbar an den Überbringer, anlegte. Monatliche Rendite: Eine Million sechshunderttausend Lire steuerfrei; mehr oder minder das, was er als Direktor im Stab der IBM ITALIA verdient hatte.

Nachdem er seinen Angehörigen auf diese Weise seinen guten Willen bewiesen hatte, kehrte Luca sich noch mehr von der Welt ab. Einzige Ausnahmen: die täglichen Besuche Chiccas und die Briefe des Professore.

Chicca hatte sich angewöhnt, im Zimmer des Onkels zu spielen und zu lernen, was von Maricò anfangs mit einer gewissen Besorgnis betrachtet, schließlich aber von allen unterstützt wurde. Onkel und Nichte beschäftigten sich ein jeder ruhig mit seinen Angelegenheiten und leisteten einander in gewissem Sinn Gesellschaft. Chicca erzählte, was alles in der Schule passiert war, von ihren Gesprächen mit Maurizio und den Streitereien mit den Freundinnen, und Luca hörte mit größter Aufmerksamkeit zu, ohne sie jemals zu unterbrechen. Seit dem Tag, an dem ihn Livarotti besucht hatte, hatte ihn niemand mehr zwitschern gehört. Er verhielt sich wie ein stummer Gefangener. Er lag fast immer auf dem Bett, las Comics, malte ein wenig mit Aquarellfarben, hörte Radio oder sah fern. Das Zimmer war nicht mehr abgeschlossen, und er verließ es nur, um ins Bad oder in die Küche zu gehen, ohne jemals einen Blick auf seine Angehörigen zu werfen.

Was die Briefe Professor Pellegrinis anbelangt, so wurden sie aufmerksam gelesen und sorgfältig in einem Schuhkarton aufbewahrt, auf den er einen Wald mit rosa Bäumen gemalt hatte. Er beantwortete diese Briefe nie. Elisabetta kümmerte sich darum, die Korrespondenz mit dem Professor aufrechtzuerhalten, sie bedankte sich bei ihm und hielt ihn über den Gesundheitszustand ihres Mannes auf dem laufenden.

Eines Tages besuchte ein Psychoanalytiker Luca, ein Freund der Gräfin Marangoni, der einen ganzen Nachmittag damit verbrachte, ihm beim Schlafen zuzusehen. Am Ende des

Besuches erklärte der berühmte Arzt, daß der Patient niemals gesund werden würde, solange ihn die Familie in seinem Zimmer versteckt hielt.

»Meine liebe Signora«, erklärte der Psychoanalytiker Elisabetta, »Ihr Mann hat praktisch einen partiellen Selbstmord begangen: Er hat die Soziabilität in sich abgetötet. Nun, wo er die akute Phase überstanden hat, hat er dieselben Probleme wie ein Kind im ersten Lebensjahr. Um ihn in die Wirklichkeit zurückzuholen, muß man den Hebel bei den ersten Antriebsmechanismen der Kindheit ansetzen: Neugierde, Nachahmungs- und Sexualtrieb. Was tun? Ihm vor allem wieder die notwendigen Stimuli bieten, das heißt also, ob es Ihnen paßt oder nicht, ihn wieder unter Menschen bringen, auch auf die Gefahr einiger unliebsamer Zwischenfälle hin.«

Bei diesem Stand der Dinge beschloß man, anläßlich der bevorstehenden Weihnachtsfeierlichkeiten einen Abend für diese Einführung in die ›Wirklichkeit‹ zu organisieren. Die Gräfin Marangoni übernahm die Leitung der Operation und lud alle ihre adligen Freunde ein teilzunehmen. Als erstes wurde eine Liste von Themen verfaßt, die jeder der Eingeladenen der Reihe nach anbringen sollte, um Luca mit nützlichen und stimulierenden Argumenten zu unterhalten, zudem beschloß man, den Baron Candiani nicht einzuladen, um nicht Gefahr zu laufen, den Patienten aufzuregen, und schließlich, um den größtmöglichen Nutzen des Unterfangens zu garantieren, wurden der mit der Marangoni befreundete Psychoanalytiker und der Chefarzt einer neurologischen Klinik, ein Cousin des Generals Castagna, eingeladen.

Trotz dieser sorgfältigen Planung war Elisabetta alles andere als ruhig: und wenn sich Luca an dem Abend weigerte, ins Wohnzimmer zu kommen?

So beschloß man, ihn langsam daran zu gewöhnen, sein Zimmer zu verlassen und in der Wohnung umherzugehen. Einmal unter dem Vorwand, sein Zimmer müsse einer Generalreinigung unterzogen werden, ein anderes Mal, indem man ihm den Fernseher außer Betrieb setzte, dann wieder ließ man ihn von Chicca überreden, und so gelang es, ihn an sieben aufeinanderfolgenden Tagen in der Wohnung umhergehen zu lassen.

Luca kam folgsam jeder Art von Aufforderung nach, und so verhielt er sich auch während des Festes: Er setzte sich in einen Sessel und blieb still und ruhig in seine Gedanken versunken sitzen, als ob ihn das, was sich im Haus abspielte, in keiner Weise betreffe. Verbeugungen, Handküsse, Austausch von Geschenken, Weihnachtsgebäck und Trinksprüche, das Fest spielte sich um ihn herum ab, und er betrachtete es mit demselben Abstand, mit dem man im Fernsehen einen Film anschaut, den man schon einmal gesehen hat und den man nur aus Faulheit von neuem über sich ergehen läßt. Dann und wann setzte sich jemand neben ihn und begann ihn auf Themen anzusprechen, die fast alle uninteressant waren und auf alle Fälle Lichtjahre von seinen eigenen Interessen entfernt lagen.

Eine Prinzessin oder so was in der Art unterrichtete ihn über alle Tricks, die in Schönheitswettbewerben für Hunde zur Anwendung kommen, um die Makel der Yorkshireterrier zu verbergen, so z. B. wie man am besten die Länge des Fells ausnutzen könne und wie man die Stellung der Ohren korrigiert. Die Prinzessin hatte zwei dieser fürchterlichen Tiere bei sich, die Luca knurrend die Zähne zeigten, kaum daß sie ihn neben ihrer Herrin sitzen sahen.

Dann kam die Reihe an einen Marineoffizier, einen großen hageren Mann mit grauen Haaren, möglicherweise ein pensionierter Admiral. Der breitete sich über das Thema ›Der grundlegende Unterschied zwischen der militärischen Disziplin in der Marine und im Heer‹ aus.

»Verehrter Dottore, in der Marine ist der Geist einer funktionalen Verantwortung vorherrschend vor dem der rein hierarchischen; das, glauben Sie mir, ist die Grundlage für ein Verständnis dessen, was es bedeutet, ›in der Marine‹ zu sein. Um es deutlicher auszudrücken: Die Verantwortung für eine Operation wird beim Heer in hierarchischer Linie immer höher geschoben, bis sie den höchsten im Gebiet befindlichen Dienstgrad erreicht, während sie bei der Marine ausschließlich auf den Diensthabenden fällt. Ein Beispiel: Wenn auf der Kommandobrücke der Navigationsoffizier anwesend ist, nicht aber der Kommandant des Schiffes, weil der sich, sagen wir mal, augenblicklich in den Offiziersquartieren befindet, wer ist verantwortlich für die Navigation? Sie wissen es nicht? Ich werde es Ihnen sagen: der Navigationsoffizier. Und wenn auf der Kommandobrücke gleichzeitig der Schiffskommandant und der Navigationsoffizier sind, wer ist dann verantwortlich? Und wieder sage ich es Ihnen: der Schiffskommandant. Und wenn zufällig der Admiral, der Flottenkommandant ist, auf das Schiff gekommen ist und sich auf der Kommandobrücke der Admiral, der Schiffskommandant und der Navigationsoffizier befinden, wer ist verantwortlich für den Kurs? Wieder sag ich es Ihnen: der Admiral als Flottenkommandant.«

Der alte Offizier wartete nach jeder Frage einige Sekunden, wie um Luca die Möglichkeit zu einer Antwort zu geben, und dann verkündete er triumphierend die richtige Lösung.

Der Psychoanalytiker seinerseits versuchte einen Kontakt herzustellen, der sich sofort als unfruchtbar erwies.

Das gewählte Thema war die bei Kindern weitverbreitete Manie, sich in Pappkartons zu verstecken. Er beabsichtigte, der Psyche seines Zuhörers zwei lebhafte Gedankenanstöße zu bieten, indem er die Sehnsucht nach einer Rückkehr in die friedliche Stille des Mutterleibs und die Tendenz zur Isolierung ansprach. Immer in der Absicht, eventuelles pränatales Verhalten zu untersuchen, bat der Psychoanalytiker Luca, ihm zu zeigen, in welcher Lage er normalerweise einschlief. Der Bitte wurde entsprochen.

Um die Diskussion zu beleben, mischte sich die Gräfin Marangoni ein, die wegen ihrer politischen Erfahrung die Unterhaltung auf die Roten Brigaden brachte. Nach Meinung der adligen Dame war Terrorismus die logische Folge des moralischen Verfalls der Nation, von den Pornoheftchen angefangen bis zur Laxheit im Umgang mit Drogen. Italien, so sagte die Marangoni, könne nur durch Militärgerichte mit dem besonderen Auftrag, das Land von Extremisten und Verbrechern zu säubern, gerettet werden.

»Als erstes müßte man irgendeine Insel, die weit genug von der italienischen Küste entfernt liegt, als Straflager requirieren. Ich weiß nicht, vielleicht Lampedusa oder Ustica. Über dieser Insel müßten alle Räuber, Taschendiebe und Betrüger, also alle Verbrecher, die sich nicht mit menschlichem Blut besudelt haben, mit dem Fallschirm abspringen. Für die anderen jedoch, die Mörder, Terroristen und Entführer, kein Mitleid: Bum bum bum, eine Minute nach der Gefangennahme alle an die Wand gestellt, dann sind wir das Problem los. Fünf Jahre Kriegsrecht, und im ganzen Land könnte man wieder so leben wie einst!«

»Wem sagen Sie das, Gräfin, wem sagen Sie das!« mischte sich General Castagna ein. »Im letzten Kriege war ich Militärrichter an der griechischen Front: General Valentino Valentini war Gerichtspräsident, ein Cousin mütterlicherseits von Donna Letizia Calvi di San Filippo. Haben Sie den General Valentini einmal kennengelernt, Dottor Perrella? Ein exzellenter Jäger! Einmal waren wir zusammen im Jagdrevier von Persano bei Eboli im Gefolge seiner Majestät Vittorio Emanuele III. Es war eine Treibjagd auf Wildschweine, und wir hatten die Gewehre mit großkalibriger Munition geladen. Plötzlich flog ein Fasan vor unseren Augen auf. Bum, bum, zwei Schüsse, und das Tier fiel vor die Füße des Königs. Valentino Valentini war schneller als die Hunde und reichte seiner Majestät die Jagdbeute mit den Worten: ›Majestät, so sollen all Ihre Feinde sterben!‹«

Nachdem Luca die Erinnerung an den Jagdausflug des Generals Valentini angehört hatte, stand er plötzlich auf und wollte sich von der Gruppe entfernen. Jedoch hatte er die

Rechnung ohne den General gemacht, der dafür berühmt war, bei seinen Jagderinnerungen niemals von der Beute zu lassen: der hielt ihn am Arm zurück.

»Da der Fasan von einer Kugel für die Wildschweinjagd getroffen war, war seine Brust in zwei Teile zerrissen. Da ergriff seine Majestät die Beute und sagte...«

Luca krümmte sich, ihm war, als wäre seine Brust zerfetzt. Er stieß den General heftig beiseite und warf sich mit einem Satz hinter das Wohnzimmersofa. Ganz vorsichtig hob er den Kopf und erkannte, daß alle Gäste mit dem Gewehr auf ihn zielten. Langsam versuchte er, die Tür zu erreichen, um von dort in sein Zimmer zu entkommen, aber gerade jene Richtung versperrte ihm die Marangoni mit einem ganzen Exekutionskommando.

»Abteilung: Laden... Zielen... Feuer!!« schrie die Gräfin und sah ihm streng in die Augen.

Luca schaffte es gerade noch, den Kopf einzuziehen, als die Salve die Rückenlehne des Sofas streifte.

»Alle an die Wand, alle an die Wand!« schrie die schreckliche Marangoni wie besessen weiter.

Die Situation war verzweifelt: die Yorkshireterrier, die vom Lärm ganz durcheinander waren, warfen sich auf ihn. Es war alles umsonst: Sie hatten ihn gestellt. Sein Herz schlug so stark, als wolle es bersten. Mit allen ihm noch verbliebenen Kräften versuchte Luca bis zur Wohnzimmertür zu kommen, aber genau da, als er schon glaubte, es geschafft zu haben, traf ihn ein letzter Schuß des Generals Castagna in den Rücken und streckte ihn nieder, seiner Frau zu Füßen.

21

Die Ereignisse während des Weihnachtsempfangs hatten Elisabetta alle noch verbliebene Hoffnung auf Heilung geraubt. Nunmehr sprachen alle offen von Wahnsinn oder von einer manisch-depressiven Psychose, und mancher Bekannte riet den Schwestern Carraccioli, den armen Luca in eine Spezialklinik zu schicken.

»Mir ist vollkommen klar, daß Elisabetta darunter leidet, wenn man darüber redet«, sagte Franco, »aber könnt ihr mir vielleicht sagen, wer die Verantwortung übernimmt, wenn wir ihn nicht einweisen lassen? Und wenn Luca nun morgen irgend jemandem etwas antut, oder, noch schlimmer, wenn er sich umbringt? Was machen wir dann?«

»Versuchen wir, ihn noch drei Monate zu Hause zu lassen«, schlug Maricò vor, »wenn wir dann sehen, daß keine Besserung eintritt...«

»Herrschaften, sehen wir doch der Realität ins Auge«, fuhr Franco fort. »Ja, okay, wir sind alle vom besten Willen beseelt, aber das ändert nichts an der Tatsache, daß wir keine Spezialisten für Geisteskrankheiten sind und daß wir gerade aus übergroßer Liebe zu ihm Fehler machen könnten.«

Professor Anselmi, Spezialist für Heraldik und Adelskodex, erzählte während eines Abendessens, das er im Hause Caraccioli einnahm, von einem ähnlichen Fall aus dem 18. Jahrhundert, demzufolge sich der Herzog Guidobaldo della Portella mit einem Federvieh (genauer gesagt: einem Huhn) identifiziert hatte; und vielleicht, so hatte der Professor angemerkt, war es kein Zufall, wenn es einen gewissen Gleichklang zwischen dem Namen des Herzogs, la Portella, und dem Nachnamen Lucas gab. Wer weiß, ob man nicht vielleicht bei gründlichem Studium der Familienchronik eine direkte Abstammung des Dottor Perrella vom Herzog Guidobaldo della Portella feststellen könnte?

»Professore, tun Sie mir den Gefallen und reden Sie keinen Blödsinn!« lautete der trockene Kommentar Francos, der seit einiger Zeit alles savoir faire gegenüber den adligen Freunden Maricòs eingebüßt hatte.

Eingeschlossen in sein Zimmer mit den grünen Streifen verbrachte Luca weiterhin sein Leben in vollständigem Schweigen. Mit der Zeit wurde seine Abkehr von der übrigen Welt immer offensichtlicher. Er wollte weder Radio noch Fernsehen, und so viele Bücher sie ihm auch beschaffen mochten, keiner sah ihn jemals irgend etwas lesen. Wenn es abends dunkel wurde, blieb er mit offenen Augen im Finstern auf seinem Bett liegen. Keinem gelang es, zu erfahren, was in ihm vorging.

Die Lösung »Heilanstalt« nahm immer klarer Gestalt an, bis man sich eines Tages, dank der Bemühungen der Gräfin Marangoni, für die Villa dei Pini in Cesate, einem nur wenige Kilometer von Mailand entfernt liegenden Ort, zu interessieren begann. Schon immer gehörte die Klinik der Familie Sassoferrato, einer höchst angesehenen und mit der Marangoni eng befreundeten Familie. Luca hätte dort eine ausgezeichnete Pflege und würde von den besten Spezialisten behandelt werden. Die Unterbringungskosten waren keineswegs übertrieben hoch: etwa 1,2 Millionen im Monat, ohne die Arztkosten.

An einem Samstagmorgen fuhren Elisabetta, Franco und die Gräfin Marangoni zu einer Besichtigung in die Villa dei Pini. Es war ein kalter Tag, jedoch ohne Nebel. Das Äußere der Villa gefiel den Damen außerordentlich, und sie ließen sich die Gelegenheit nicht entgehen, sie mit den Villen von Freunden im Veneto oder in Kampanien zu vergleichen. Der Direktor (ein vortrefflicher Mensch, laut Definition der Marangoni) legte

Wert darauf, hervorzuheben, daß jede Kleinigkeit wohl überlegt sei, um der Villa eher das Aussehen eines Erholungsheims für alleinstehende Personen zu geben, als das einer Klinik: keine weißen Kittel für Ärzte und Krankenschwestern, kein Geruch von Medikamenten, vor allem aber keine Gitter oder ähnliche Teufeleien.

»Der Patient«, erläuterte der Direktor, »soll sich hier zu Hause fühlen«, wie in einem gemütlichen Heim, mit vielen Grünflächen und allem modernen Komfort. Natürlich haben wir auch einige Schwerkranke hier, aber ein ausgetüfteltes System von verstellbaren Wänden, das ich selbst erfunden habe, erlaubt es auch ihnen, die Gemeinschaftseinrichtungen zu benutzen, ohne daß sie jemals mit Patienten aus den anderen Abteilungen in Kontakt kommen.«

»Ich verstehe«, sagte Del Sorbo, »im Restaurant macht ihr Schichten: zuerst essen die ganz Wilden und dann die etwas Ruhigeren.«

»Schauen wir uns den Park an«, schlug der Direktor vor.

Um der Wahrheit die Ehre zu geben: Die Gärten der Villa dei Pini waren sehr gut gepflegt. Viele Bäume, natürlich Pinien, schöne Wege, und dann und wann ein kleiner Brunnen. Elisabetta bemerkte beunruhigt, daß es sehr, sehr hohe Bäume gab, auf die Luca ohne jedes Problem hinaufklettern könnte.

»Das ist der Pavillon«, sagte der Direktor und zeigte auf ein Jugendstilgebäude inmitten eines großen englischen Rasens. »Dort geben wir in der warmen Jahreszeit Sinfoniekonzerte, die sowohl von unseren Pensionären wie auch von ihren Angehörigen sehr geschätzt werden.«

Auf dem Rückweg zur Villa trafen sie eine zierliche alte Dame, die ganz in weiß gekleidet war und schnellen Schrittes den Weg entlangging. »Das ist Signora Ruini«, erklärte der Direktor leise. »Sie sehen, daß unsere Patienten absolute Freiheit genießen.«

Als die alte Dame sah, daß ihr die Gruppe entgegenkam, hielt sie an einer Wegkreuzung an und wartete auf sie.

»Guten Tag, Signora Ruini«, sagte der Direktor in sehr freundschaftlichem Tom. »Erlauben Sie mir, daß ich Ihnen einige Freunde von mir aus Mailand vorstelle? Gräfin Marangoni... Frau Perrella... und Dottor... entschuldigen Sie, ich habe Ihren Namen vergessen...«

»Del Sorbo.«

»Angenehm«, sagte Signora Ruini. »Sind Sie gekommen, um sich unsere Villa anzusehen?«

»Ja«, antwortete die Marangoni begeistert, »und wir können nur sagen, daß es einfach fantastisch hier ist!«

»Sie sind eine Gräfin?« fragte die Alte.

»Ja, aber wissen Sie, wer legt heute schon noch Wert auf solche Dinge«, wehrte die Marangoni schamhaft ab.

»Erlauben Sie mir eine Frage, Gräfin: Sind Sie es, die hierherkommen muß, um in der Villa zu leben?« fragte Signora Ruini weiter.

»Nein, nicht ich«, antwortete die Gräfin nach einem Wink zu Elisabetta, einem Augenzwinkern, das bedeuten sollte: Achtung, paßt auf, was ihr sagt, die ist verrückt. »Es handelt sich um den Mann meiner Freundin, Dottor Perrella.«

»Und warum habt ihr dann diesen Dottor Perrella nicht mitgebracht, wenn er es doch ist, der herkommen und hier leben muß?«

»Signora Ruini stellt immer so viele Fragen«, mischte sich der Direktor unvermittelt ein. »Wissen Sie, wie lange sie schon bei uns ist? Seit sechs Jahren.«

»Seit sechs Jahren und fünf Monaten«, bestätigte Signora Ruini. »Meine Familie fuhr in den Ferien ins Ausland, und mich haben sie hier gelassen.«

»Haben Sie Kinder?« fragte Elisabetta, die ganz und gar nicht den Eindruck hatte, daß die Alte geisteskrank war.

»Nein, ich habe nur einige Menschen, die so tun, als wären sie meine Kinder, und ich tue so, als wäre ich ihre Mutter. Sie besuchen mich an jedem ersten Samstag im Monat: sie umarmen mich, küssen mich und schauen dabei auf die Uhr. Es ist merkwürdig, daß geistig gesunde Menschen nicht merken, wie taktlos es ist, auf die Uhr zu schauen.«

»Signora Ruini!« schimpfte der Direktor sie aus. »Sie sind ungerecht, wenn Sie solche Dinge behaupten. Wissen Sie, daß Ihre Kinder jeden Tag bei mir anrufen und sich erkundigen, wie es Ihnen geht?«

»Und wie wollen Sie wissen, wie es mir geht, wenn Sie mich doch nie sehen?«

Die Unterhaltung mit Signora Ruini gestaltete sich immer schwieriger; der Direktor beschloß, sie abzubrechen und seine Gäste in den Speisesaal zu führen. Auch hier war alles hübsch, alles sehr ordentlich.

Gleich darauf besichtigten sie Lucas Zimmer und meldeten ihn für den siebten Januar an.

»Lassen wir ihn das Dreikönigsfest, die Befana, noch mit uns feiern«, sagte Franco zu Elisabetta, »und dann bringen wir ihn in die Villa dei Pini.«

Am Morgen des siebten Januar stand Elisabetta sehr früh auf, um die Koffer in Ruhe zu packen; dann, um genau zehn Uhr, ging sie zusammen mit Franco und Maricò zu Luca, um ihm die Nachricht zu überbringen.

Vor der verschlossenen Tür saß Chicca auf dem Fußboden und wartete darauf, zu ihrem Onkel hineingelassen zu werden. Elisabetta überschritt als erste die Schwelle und stellte fest, daß Luca nicht mehr in seinem Zimmer war: das Fenster und das Gitter davor standen auf. Das Schloß war zerbrochen. Alle Erwachsenen stürzten zum Fenster, um hinunter auf die Straße zu schauen. Nur Chicca blickte hinauf zum Himmel, und sie hatte den Eindruck, dort einen Vogel fliegen zu sehen, langsam und genau auf die Sonne zu.

Luciano De Crescenzo
Also sprach Bellavista
Neapel, Liebe und Freiheit

»Dem Neapolitaner De Crescenzo ist mit seinem Buch ein neapolitanisches Kunststück gelungen: einen Unterhaltungsroman und ein philosophisches Lehrbuch in einem zu schreiben.«
Frankfurter Allgemeine Zeitung

»Der Mann ist eine Wundertüte, die sich, verblüfft über den eigenen Inhalt, unablässig und mit diebischer Freude selbst über die Umwelt ergießt. Je nach Anlaß und Laune präsentiert sich Luciano De Crescenzo als Schriftsteller, Journalist, Filmemacher, Manager oder Spaßvogel.«   *Die Weltwoche, Zürich*

Seine »zum Greifen dicht geschriebenen Alltagsgeschichten, denen Bellavista immer eine philosophische Quintessenz zu entlocken weiß« *(Die Zeit)*, hat De Crescenzo erfolgreich verfilmt: beim ›Festival international du film de comédie‹ in Vevey gewann er den 1. Preis, ebenso beim Festival in Annecy.
»Liebenswert, gescheit, mit viel Menschlichkeit und Charaktervielfalt angefüllt, rundum dank seiner exzellenten Machart, seines Tempos und seines lebensklugen Witzes der beste Film des Festivals.«
Neue Zürcher Zeitung

Andrea De Carlo
Macno
Roman

Schauplatz des Romans ist die Hauptstadt eines imaginären Landes. Die Handlung spielt im Regierungspalast, wo Macno, ein ehemaliger Rockstar, als Diktator mit seinem Gefolge lebt, als da sind ein Pianist, ein Medienexperte, ein Botaniker, eine Ballerina und ein Schriftsteller, der als Leibwächter fungiert.
Mit seinem ganz und gar unkonventionellen Roman geht Andrea De Carlo an die gegenwärtige politische Szenerie mit einer ironischen, literarischen Sensibilität heran.

»Die frische und lockere Anmut von De Carlos Stil zieht den Leser rasch und intensiv in ihren Bann, nicht zuletzt, weil hinter ihr die Sicherheit eines radikal Unangepassten steht.«
Neue Zürcher Zeitung

»Ein Italiener macht deutschen Romanciers Tempovorgaben.« *Szene, Hamburg*